Wunder

Leben **Liebe**

Sein

"heilsame"

Gedichte, Gedanken, Geschichten

und mehr

von

Dr. med. Andreas Hecke

Vorwort:

Als Arzt werde ich täglich mit Fragen des Lebens und dem **Wunder des Lebens** konfrontiert.
Dieses Leben lässt mich immer neu Liebe sowie Demut empfinden und den Glauben an etwas, was unsere Vorstellungskraft übersteigt.

In der Beobachtung vieler Lebensschicksale erlebe ich wie Menschen **Kraft ihrer Gedanken** und ihrer inneren Einstellungen, meist unbewusst und ungezielt, auf ihr Leben einwirken.
Die Zusammenhänge zwischen Denken und Fühlen und deren Einfluss auf unseren Körper und seine Gesundheit sind immens.
Sie können, bewusst gemacht, helfen und zu einer positiven Wende führen, so dass es dem Einzelnen gelingen mag mit mehr **Leichtigkeit**, mehr **Lebensfreude**, mehr innerer **Gesundheit** und Zufriedenheit durchs Leben zu gehen und vielleicht dort anzukommen, wo er wirklich von Herzen ankommen möchte.

Bewusstes **Wahrnehmen – bewusstes Sein – Vertrauen** in die heilende Kraft der Gedanken, die Bereitschaft den steten Wandel zu akzeptieren und immer neu an die Möglichkeit einer positiven Veränderung zu **glauben** erlebe ich als wichtige **Schritte, Hilfen und Wege.**

Insbesondere wichtig für Gesundheit und ein erfülltes Leben erscheint mir aber die Liebe. **Liebe** zum Leben – Liebe zu den Mitmenschen und Liebe zu sich selbst!
Diese Erfahrungen empfinde ich als großes Geschenk, welches ich in Form dieses Buches weitergeben möchte:

WUNDER – LEBEN – LIEBE – SEIN
mit all seinen Höhen und Tiefen

Dieses Buch widme ich

in Liebe

allen Menschen
meines bisherigen Lebens.

Sie haben dazu beigetragen, dass ich zu dem Menschen wurde,
der ich heute bin.

Besondere widme ich dieses Buch meiner Mutter,

all meinen Patienten,

und von ganzem Herzen
meiner Tochter
Iris.

Inhalt

Kapitel:

Wunder ...

Dieses Leben ist ein unbegreifliches Wunder,

unser Körper, unser Geist, alles Leben, die Natur,

und wir haben jeden Tag aufs Neue Grund dieses Wunder zu bestaunen,

bewusst wahrzunehmen und dankbar zu sein.

Licht

Das Licht,
es ist
und ist doch nicht,
im klaren Glas es sich
in zauberhaften, ungeahnten Farben bricht.

Das Licht durchquert
ganz unversehrt
im nu den weiten dunklen Raum
und trifft es dich,
erhellt es dich
und wärmt dich, lässt dein Herz auftauen.

Vom Licht berührt,
die Seele spürt
Erinn`rung an ein ewiges Sein.
Kannst jetzt verweilen,
ganz ohne Eilen
und fühlen jetzt bereit zu sein.

Und Licht erfüllt,
und Licht erhellt
auch innerlich dein Wesen,
und neu du weißt,
was Leben heißt,
wenn deine Seele ist im Licht gewesen.

Selbstverständlich

Selbstverständlich stehst du auf,

du duschst – frühstückst – verlässt das Haus,

selbstverständlich kannst du gehen,

kannst mit deinen Augen sehen.

Selbstverständlich kannst du hören,

manche Laute dich gar stören,

selbstverständlich schmecken, riechen,

spüren -- könntest vieles so genießen,

selbstverständlich reden, denken,

so dein Leben steuern, lenken,

doch, da alles selbstverständlich ist,

du zu leben allzu oft vergisst.

Aber irgendwann wird jedem klar,

dass gar nichts selbstverständlich war.

Drum fang bei Zeiten an dein Leben als ein Wunder anzusehen,

und wundersam – wird Selbstverständliches auf einmal wunderschön.

Ob Sehen, Hören, Fühlen, Schmecken,

– ja selbst den Atem kannst du neu entdecken,

bewusst genießen, was dein Leben ist,

nie selbstverständlich – ganz gewiss!

Kannst jeden Tag als Wunderwerk empfinden

und so im Augenblick, fast selbstverständlich,

stets neu Freude finden.

Wunder Leben

Äonen Quantenteilchen wohl verbunden,
von dir als Körper-Ich empfunden,
im Grunde reines Licht und reine Energie,
was sie verbindet – wer und wie ?

Atome ihre Ordnung finden,
zu größeren Formen sich verbinden
und trotz der Chaostheorie
entsteht stets Höheres – aber wie?

Und alles wird auch noch erneuert,
Atome stets neu eingebaut,
was ist es, was das ganze steuert,
im Kleinen groß, ganz ohne Laut.

Und all dies kannst du dann erleben,

als dich, dein eigen Körperleben,

kannst dich, dein Sein hier reflektieren,

Gedanken dich nach innen führen.

Und ehrfurchtsvoll darfst du erkennen,

ob dieses Lebens stets bekennen,

dass alles dies ein Wunder ist,

das Ausmaß keiner je ermisst!

Mit allen Sinnen

Du passt dich an an jede Form
und schaffst stets neue Formen,
bist wolkenleicht wie Frühlingsluft
kannst hart auch sein wie schwerer Stein.

Du schenkst im Licht uns Spiegelbilder
und tausend Funken Feuerwerk,
trägst schwere Lasten mühelos,
machst Berg zu Tal und schenkst uns frisches Leben.

In dir lebt eine Welt für sich,
selbst in den tiefsten Tiefen.
Dein Strömen ist mir stets Musik,
ein Tanz der steten Klänge, zart.
Mit allen Sinnen lieb' ich dich!

Wie oft hast du mein Herz erfreust?
Wie oft schon meinen Durst gestillt?
Wie oft schon lauscht' ich deinen Klang,
darin nach tiefer Botschaft suchend?

Wie frei fühl' ich mich doch in deinen Armen!
Du wäschst hinweg, was mich bedrückt,
von Leib und Seele, machst mich frei.

Du fügst dich stets den höheren Kräften und Gesetzen,
erlangst gerade dadurch deine eigne Kraft,
strömst mächtig talwärts,
ruhst in stillen Seen,
steigst himmelwärts und wirst zuletzt
stets aus dir selbst geboren.

Du bist Symbol mir stets und Zeichen neuen Lebens,
bist Schöpfung in der allerschönsten Form,
bist Lehrer mir und stiller Hort.

Drum will ich danken dir
und dich stets achten,
lieben!

Licht – Materie – Energie

Licht – Materie – Energie
Im Urraum der Unendlichkeit,
ohne Grenzen, ohne Zeit,
die Dimension unfassbar weit,
der Geist sinniert, erfasst es
nie.

Quantenteilchen, winzig klein,
schwirr'n im Nichts Äonen Stunden,
unsichtbar und doch verbunden,
was hat diese Welt erfunden,
welche Kraft wohl mag es sein?

Alles ist für sich allein
und doch Teil des großen Ganzen,
großer Reigen, ewiges Tanzen,
nicht nur Menschen, Tiere, Pflanzen,
eines wirkt aufs andere ein.

Auch Gedanken und Gefühle
Schwingung sind und Energie,
die stets ihre Wirkung haben,
unsere Sorgen, unsere Klagen,
unsere Ziele, Wünsche, Fragen,
ohne Folgen sind sie nie.

Unsichtbar, oft nicht vernommen,
still verborgen, doch vorhanden,
und es scheint fast ohne Schranken,
wirkt der Geist stets durch Gedanken,
das Ergebnis, es wird kommen.

Welcher Geist bewohnt mein Denken?
Frage mich, kann ich ihn lenken?
Frage mich, wie mach ich's, wie?

Innehalten, innwärts wenden,
fühlen, wohin führt mein Denken
spür den Geist, und spür die Energie.

Leben und Zeiten

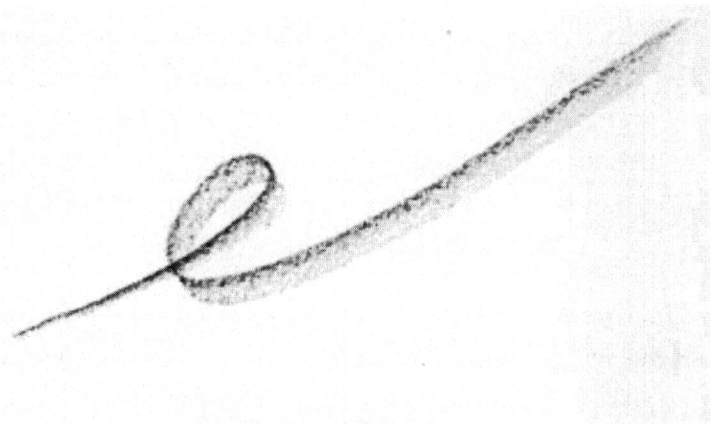

Lebenszeiten

Zeitempfinden und Leben sind wundersame Phänomene.

Tage rasen dahin und Minuten können dann wieder als Ewigkeit empfunden werden.

Leider wird unsere Zeit immer schnelllebiger und die Zahl der Anforderungen und Außenreize immer größer.

Unsere Lebenszeit bewusst wahrzunehmen, zu genießen und zu gestalten und uns immer wieder innehaltend nicht vom Strudel des Lebens, seinen Ansprüchen und Pseudozielen mitreißen und fremdsteuern zu lassen, ist eine wichtige Voraussetzun, um sein Leben als glücklich und erfüllt empfinden zu können.

Innehalten, Wahrnehmen, was gut und schön ist und immer wieder sein Herz zu befragen, welche Ziele es denn wirklich zu erstreben lohnt, gibt dem Leben Sinn, Lebensfreude und Erfüllung.

Bewusstes zur Ruhe-Kommen, bewusste Wahrnehmung meiner inneren Bedürfnisse und bewusst erlebte Lebensfreude schenken unserem Körper positive Energie und helfen uns schneller zu gesunden oder gesund zu bleiben.

Jeder Tag

Jeder Tag wird neu geboren
jeder Tag ein Unikat
frag wie will ich ihn gestalten
ihn verwalten
diesen Tag

Jeder Tag wird neu geboren
jeder Tag ist ein Geschenk
welchen Sinn mag ich ihm geben
viele Tage sind ein Leben
frage mich wohin ich lenk

Jeder Tag wird neu geboren
jeder Tag für mich und dich
und ich spür ich kann ihn leben
kann ihm Sinn, Bedeutung geben
wirklich – nicht nur eigentlich

Jeder Tag wird neu geboren
jeder Tag ist stets bereit
mir Gelegenheit zu geben
neu zu lernen in dem Streben
stets zu wachsen mit der Zeit

Jeder Tag wird neu geboren
und ist meist davon ein Bild
was ich denke
was ich fühle
meiner Taten
meiner Ziele
die ich mir für ihn gewählt

Jeder Tag wird neu geboren
und ich nehm ihn dankbar an
mit dem Ziel ihn ganz zu leben
mich zu geben und zu nehmen
was ich Gutes finden kann

Jeder Tag wird neu geboren
jeder Tag ein Unikat
lieb und lebe, stets aufs neue
ohne Reue

jeden Tag

Leben

War es gestern, war es eben,
dieses Leben, dies mein Leben?

Kommt es noch, kann ich's empfinden,
oder ist es schon am schwinden?

Ach, noch dies und das und jenes,
komme gleich, hab' keine Zeit!

Hab' ich's zwischendurch verloren,
ist es wirklich schon so weit?

Damals! – Auf dem Krankenlager
hatt' ich Zeit es zu empfinden,

und danach, die ersten Wochen,
spürt' ich oft voll Freud' dies Pochen,

diese Lust am eigenen Leben,
meinem Atem, meinem Schritt –

- Was wirft mich so weit zurück?
Brauch' ich stets den Fingerzeig von oben?

Muss das Schicksal mich erst wieder zwingen?
Kann ich selber nicht von vorn beginnen?

Zeiten

Vergangenheit liegt hinter dir,
ist nicht mehr da und trotzdem hier,
sie war für dich einst Gegenwart,
hat was du bist aus dir gemacht.

Sie kann dir Kraft und Stütze sein,
doch oft auch Hemmnis, Schmerz und Pein,
wird als Entschuldigung oft missbraucht,
doch sich zu ändern ist erlaubt,
lebt als Erinnerung fort in dir,
sie loszulassen fällt oft schwer.

Doch was dein Geist hat abgespeichert
ist nicht real, doch angereichert
mit Interpretationen, Ängsten, Wunschgedanken
und viele Fantasien das was war umranken.

Drum gib ihr nicht zu viel Gewicht,
wie sie dir scheint, so war sie nicht,
schau dir nur an, was schön und gut,
zu schöpfen aus Vergangenem Mut.

Die **Zukunft** ist nur ein Konstrukt,
das oft in unsren Köpfen spukt.
Es gibt sie nicht und wird sie niemals geben,
denn du kannst nur die Gegenwart erleben
und trotzdem nimmt sie oft dein Denken ein,
bestimmt sie nicht dein Schicksal und dein Glück allein?

Du glaubst daran und denkst mit Wünschen, Hoffnung, Ängsten, Sorgen,
was wohl geschehen mag im Morgen oder Übermorgen,
doch nur ein Bruchteil davon tritt auch ein,
von dem was schien die Zukunft dir zu sein.
Es lohnt sich zwar mit Zielen künftiges Leben zu gestalten,
doch nicht sich allzu oft mit Zukunftssorgen aufzuhalten.

Die **Gegenwart** ist nicht zu fassen
und nicht zu messen je mit Maßen.
Sie lebt von dem, was ist, allein
und nicht von dem, was hätte können sein.

Sie kann im Flug vorüber eilen
und doch kannst du in ihr verweilen,
ja Ewigkeit in ihr empfinden,
sofern Gedanken dich nicht binden
an das was war, was könnt geschehen,
du lebst im Flow durch Hören, Fühlen, Sehen.

Kannst glücklich einfach, einfach sein
und kannst bestimmen ganz allein
wie du erlebst dein jetziges Leben,
wo du ihn wählst den Fokus eben.

Denn ein Geschenk hält jeder Augenblick für dich bereit,
es zu empfangen braucht´s bewusstes Sein **zu dieser Zeit**,
die stets nur ist, im Jetzt nur lebt allein,
stets neu gestaltbar,
stets neu dein.

Sagen Sie, wann haben Sie das letzte Mal bewusst gelebt?

Man sagt, es soll Menschen geben, die sterben eines Tages und haben nie gelebt!

Mussten Sie auch feststellen, dass das letzte Jahr schon wieder scheinbar schneller vorüber ging, als die Jahre zuvor?

Psychologen haben festgestellt, dass die durchschnittliche subjektive (an der Zeitempfindung gemessene) Lebensmitte bei ca. 18 Jahren liegen soll!

Woran liegt es, dass Kinder die Zeit – den Augenblick – viel länger empfinden als Erwachsene?

- Könnte es daran liegen, dass Kinder viel mehr in der Zeit leben als für die Zeit?
- Könnte es sein, dass dem Kind die Zeit noch als „Ich-Zeit" im wahrsten Sinne gehört, während wir die Zeit verplanen, aufteilen in vergangen und zukünftig und dabei den Augenblick vergessen?
- Könnte es sein, dass wir vor lauter Angst, Zeit zu verlieren, oftmals vergessen (in der Zeit) zu leben, uns (in der Zeit) wahrzunehmen?

Wer war das, der heute früh aufstand, sich frisierte, am Frühstückstisch saß und im Auto zur Arbeit hetzte, den Tag zwischen Terminen irgendwie zubrachte?

Wer plant da die zukünftigen Termine, den Urlaub, die Anschaffungen ... und wie fühlt dieser Mensch jetzt in diesem Augenblick?

Es gibt Philosophen, die behaupten, dass wir in jedem Augenblick, in dem wir nicht bewusst erleben bzw. wahrnehmen, was wir tun – denken – fühlen, nicht wirklich leben.

Wann haben Sie das letzte Mal bewusst gelebt?

Doch wie können wir es lernen, im Alltag bewusster zu sein und damit intensiver zu leben?

Von selbst scheint es nicht zu gehen, eine gewisse Selbstdisziplin und die Bereitschaft, sich regelmäßig etwas Zeit für sich zu nehmen, sind erforderlich, werden aber reich belohnt!

Ich könnte mir zum Beispiel vorstellen, dass Sie innehalten und registrieren:

Das bin ich, der gerade in der Stadt einkauft. Ich freue mich auf das Abendessen, dessen Zutaten ich eben eingekauft habe. Die Sonne scheint, ich atme kühle, klare Winterluft. Eben, während ich an dieser Bäckerei vorübergehe, riecht es nach Spekulatius. Das erinnert mich an meine Kindheit. Ich fühle mich wohl in meinem Körper, ich habe Zeit und das Geld, die Dinge zu kaufen, die ich benötige. (Dauer ca. 10 – 15 Sekunden!)

Oder eine unangenehme Situation:

Das bin ich, der seit 15 Minuten im Stau steht.

Ich spüre Verärgerung. Ich nehme die Verkrampfung in der Magengegend und den Schultermuskeln wahr, spüre Nervosität und habe mir vor 1 Minute eine Zigarette angesteckt. Ich merke, ich fühle mich unwohl und ***schalte jetzt bewusst um****, indem ich bewusst meine Schultern lockere, tief durchatme, akzeptiere, dass ich an dem Stau nichts ändern kann, und entweder meine Zigarette ausmache oder, wenn ich gerne rauche, jeden Zug bewusst und mit Genuss registriere und mich dabei zurücklehne und entspanne.*

Sie merken, dass man Zeit überhaupt nicht verlieren kann, denn sie ist immer da. Aber ich kann die Wahrnehmung der bewussten Zeit verlieren oder gewinnen. In diesem Sinne habe ich bewusste Zeit gewonnen, vielleicht habe ich auch etwas über mich erfahren und meine Gefühle besser kennen gelernt.

Das hat auch etwas mit Gesundheit zu tun!

Sagen Sie, wann haben Sie zuletzt bewusst gelebt?

Versuchen Sie es doch einmal.

Jetzt!

Der Zeiger

Der Zeiger sich dreht,

das Leben vergeht.

Du willst so viel,
doch wo liegt das Ziel?

Was du suchst, nimmst du es wahr?
Ist nicht vieles denn schon da?
Wenn du innehältst,
dich nicht länger quälst
mit stets neuem Wollen,
mit vermeintlichem Sollen?

Wenn du schaust, was ist schön,
kann Bewusstheit entstehen,
Dankbarkeit, Lebensfreude
für das Jetzt und das Heute.

Denn ein jeder Moment
ist des Lebens Geschenk.

Ja der Zeiger sich dreht,

und dein Leben entsteht!

Später

Später, später, keine Zeit,
muss erst noch mein Leben bauen,
viele Steine noch behauen,
planen, nach den Rechten schauen,
irgendwann bin ich am Ziel.
Irgendwann bin ich bereit,
später, später hab ich Zeit.

Doch jetzt muss ich noch ganz viel,
nun – das Leben ist kein Spiel.
Neue Ziele, viele, viele, tu es doch für dich und mich,
wird sich lohnen unterm Strich.

Tag für Tag und Jahr um Jahr,
später kommt bestimmt, ganz wahr,
doch, wo geht sie hin die Zeit?
Später ist nicht so wie heut,
später fühlt sich anders an,
später – ist es nur ein Wahn?

Später endlich wird zum Heute,
blickt zurück und fragt nach Freude,
war der Weg dann viel zu lang?
Bist du da, doch kamst nie an?
Hast vergessen, hast verloren,
woraus ward das Glück geboren?

Du hältst inne, jetzt und hier,
denn der Text, er spricht zu Dir!

Alles Leben, alle Freude,
gibt es nur im Hier und Heute.

Denkst lang nach und lächelst, weise?
Glück spürst du in dir, erst leise,
und du nimmst dein Leben wahr,
jetzt intensiv, ja jetzt ganz klar,
freust dich wieder mal am Sein.
Dieses Leben jetzt ist dein.

Saugst es auf mit allen Sinnen,
weißt, ab jetzt wirst du beginnen,
nicht nach Morgen nur zu streben,
heut' zu spüren, heut' zu leben.
Wirst dein Ziel so auch erspüren,
dein Gefühl wird zielwärts führen.

Und so weißt du später dann,
warst angekommen schon ganz lang,
und diese vielen, vielen Ziele,
das waren nur des Lebens Spiele.
Kannst dich erbauen, freuen dran,
doch letztlich kommt's nicht darauf an.

Hast du bewusst gelebt mit Freude?
Drum fang gleich an

- gleich jetzt

- gleich heute!

Meine Zeit

Sind verflogen: Tage, Stunden,
nicht gewürdigt eines Blicks,
nicht gespürt und nicht empfunden,
rastlos zog ich meine Runden,
wo ist sie, die Zeit des Glücks?

Im Bewusstsein still geworden,
halt' ich inne, nehme wahr,
und was nur im Jetzt verborgen,
fühl' ich, spür' ich, war stets da.

Ewigkeit - nicht mit dem Maß der Zeit zu messen,
lässt mich sein und Raum und Zeit vergessen,
ahn' das Glück in mir ganz nah.

Ja, das Sein ist stets im Augenblick zu finden,
der sich wahrgenommen weitet zur Unendlichkeit,
und ein Atemzug, bewusst empfundenes Empfinden,
lässt mich spüren all die Fülle meiner Zeit,

meiner Zeit.

Das Lied von der Zeit

Es war einmal eine kleine Meise, die saß gemütlich am Rand einer wunderschönen Sommerwiese, spürte die Sonnenstrahlen auf ihrem Gefieder, lauschte dem Gesang der Grille und knabberte versonnen an einem prall gefüllten Kieferzapfen. Sie genoss wahrlich diesen Sommer. Da kam der listige Fuchs vorüber und fragte die Meise, ob sie nichts Besseres zu tun habe, als die Zeit zu verschwenden, wo sie doch so kostbar sei. Als die Meise nur verwundert schaute, sagte der Fuchs, sie lebe wohl hinterm Mond und habe noch nicht begriffen, worum es im Leben ginge. Sie solle sich doch mal umschauen und die anderen Tiere fragen.

Vorsichtig flog die Meise zum Dachs, der damit beschäftigt war, für den Winter Vorrat zu seinem Bau zu bringen. „Stiehl mir nicht die Zeit", sagte er, „mit Deinen Fragen. Siehst Du nicht, dass ich arbeiten muss. Der nächste Winter kommt bestimmt."

So flog sie zum Eichhörnchen. Es huschte geschäftig von Ast zu Ast und vergrub eine Nuss nach der anderen in der Erde. „Sind sie lecker?" fragte die Meise. „Weiß ich nicht", sagte das Eichhörnchen, „die sind für den Winter. Ich muss mich beeilen, ich hab jetzt keine Zeit, sonst schnappt sie mir der Eichelhäher weg."

Dass die Ameisen und Bienen keine Zeit hatten, wusste sie schon. Also flog sie zur Krähe. Diese flatterte wild aufgeregt hin und her und sammelte Stöcke und Äste um ihr Nest zu erneuern und schimpfte fürchterlich dabei:

„Die Zeit geht viel zu schnell vorüber und was für eine Plackerei das ist, fertig zu werden. Jedes Jahr der Ärger mit den Jungen und dem Nestbau!“

Was sollte sie tun? Machte sie etwas falsch? Hatte sie etwas übersehen oder versäumt? Alle waren beschäftigt mit eigentlich schönen Dingen und gleichzeitig waren sie so gehetzt und unglücklich.

Da hörte die Meise das Zirpen der Grille. Na, wenigstens noch einer, der singt, dachte die Meise und flog zu ihr hin. „Wieso hast Du noch die Zeit zu singen, während alle Anderen arbeiten und arbeiten und hinter der Zeit her rennen.“

„Weil ich sie mir nehme“, zirpte die Grille und lachte.

„Wie soll das einer verstehen? – Mmmm. ---- All die Anderen, was ist mit denen los. Die bekommen noch nicht mal mehr mit, wie schön der Sommer ist vor lauter Hetze und Arbeit. Was können wir denn tun damit sie wieder das Leben wahrnehmen?“

„Ja, sie haben das Gefühl für die Zeit verloren. Das, was sie für Zeit halten, sind Sekunden, Minuten oder Stunden. Wir müssen versuchen, sie zu erinnern, damit sie erneut berührt werden von der Ahnung der Zeit.“

„Ich wollte ihnen doch etwas erzählen“ seufzte die Meise, „sie haben mir aber nicht zugehört. Wie soll ich sie denn dann erinnern?“

„Komm, setz’ Dich wieder in die Sonne“, sagte die Grille, „genieß’ das Leben, spür die Ewigkeit und dank dem Leben mit Deinem Lied. Dann wirst du schon sehen.“.

Da begriff die Meise. Sie ließ sich wieder von den Sonnenstrahlen berühren, genoss das Leben aus vollen Zügen und in dem Moment, wo sie alle Zeit vergaß, sang sie, wie sie noch nie gesungen hatte, sie sang ihr Lied von der zeitlosen Ewigkeit des Augenblicks. Und ohne dass sie etwas dazu tun musste, kehrte plötzlich eine Ruhe im Wald ein und alle Tiere hielten inne während ihrer Arbeit und erinnerten sich an diese Sehnsucht in ihrem Herzen und dass da etwas war, was sie beinahe vergessen hatten.

Sie hielten inne und ließen dieses tiefe Gefühl von Ruhe und Frieden erneut in sich schwingen.

Und ab diesem Tag, sagt man, habe sich der ganze Wald verändert.

Das Eichhörnchen vergräbt zwar weiter die Nüsse und der Dachs bringt seine Winternahrung ein, auch krächzt die Krähe weiterhin beim Sammeln der Zweige zum Nestbau, doch alle Tiere scheinen mit viel mehr Freude ihrem Tun nachzugehen und wenn sie ab und zu einmal wieder Sehnsucht verspüren, dann bitten sie die Meise: „Singe wieder das Lied vom Leben, das Lied von der Unendlichkeit“ – und dann sitzen sie da und lauschen und wissen, dass es sich lohnt, immer einmal wieder inne zu halten und das Leben aus vollen Zügen zu genießen.

Reflektionen und Gedanken

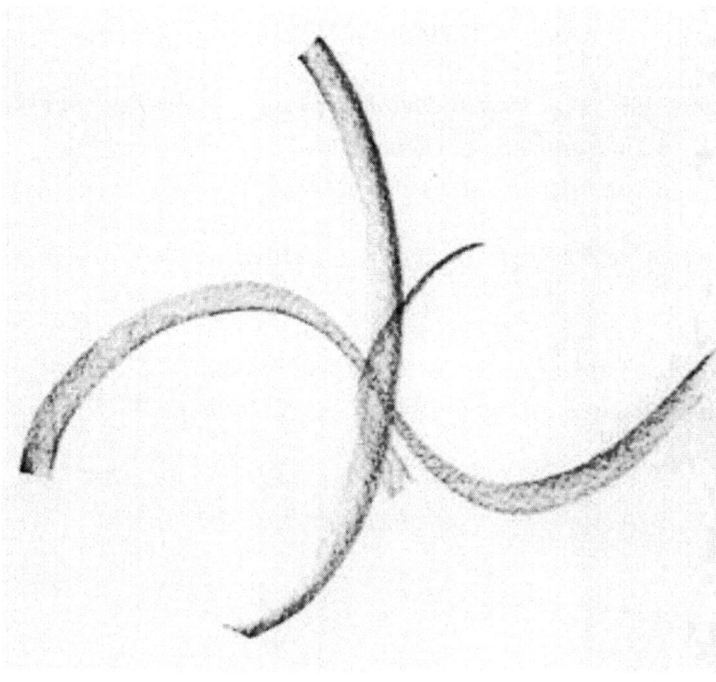

Was bedeutet Menschsein?

Wie definiere ich mich in dieser Welt und wie will ich diese Welt mitgestalten?

Wir nehmen meist nur bruchstückhaft einen Teil der Welt wahr, und unser Glaube und unsere Gedanken beeinflussen sehr stark unsere Wahrnehmung.

Woran will ich glauben, mit welchen Augen will ich die Welt sehen?

Habe ich eine Vision von mir und meinem Leben und bin ich bereit mich zu akzeptieren und zu lieben, so wie ich bin?

Glaube ich an eine innere Weisheit, welche mich leitet, wenn ich bereit bin nach innen zu hören?

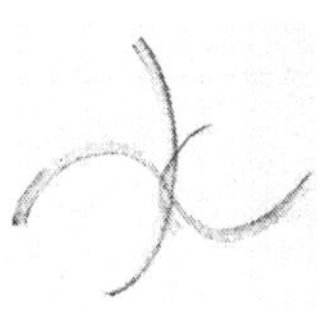

Menschsein

Hier als Mensch in dieser Welt zu stehen,

wissend da ist mehr als das, was wir nur sehen,

sich als Teil des Ganzen zu empfinden,

aber trotzdem seinen eigenen Weg zu finden,

hier zu wirken, positiv die Welt zu formen,

nicht erstarr´n durch Ängste, Süchte oder Normen,

mit dem Geist und Herzen Träume vor- erleben,

die uns helfen stets nach höheren Werten noch zu streben,

sich als Quelle – nicht als Treibgut – zu erfahren,

stets den Augenblick im Herzen zu bewahren,

hinter Scheinbarem den wahren Wert erkennen,

sich zu dem was sein könnte und nicht „was eben ist“
bekennen,

dankbar sein für jede Stunde unsrer Erdenzeit,

wahrhaft Mensch zu sein, - der Weg ist weit !

Talmud

Mein Blick fällt hier auf diese Sätze,
die uns der Talmud einst vermacht,
ich spür' im Innern, es sind Schätze,
die einer hat mir zugedacht:

„Wenn du nicht für dich bist – wer ist dann für dich?“ –
„Wenn du nur für dich bist – wer bist du dann?“

Ich schließ' die Augen jetzt und fühle in mich
und spür' den Worten nach, hör' Ihren Klang:

„Wann, wenn nicht jetzt?“,
steht dann geschrieben.
Bin ich im Jetzt für mich und dich bereit,
kann ich des Lebens prächtige Blüten
gebend - nehmend empfangen Liebe - Freud?

Ich lese nochmals diese alten Sätze
die mir aufs Neue zugedacht,
in dieser Zeit unsteter Hetze
empfind ich schweigend ihre Macht.

„Wenn du nicht für dich bist – wer ist dann für dich?“
„Wenn du nur für dich bist - wer bist du dann?“

Ich fühl, es gibt so vieles noch zu lernen,
und stets aufs Neue fang ich an.
Wann ich das Ziel erreich', steht in den Sternen,
doch darauf kommt es gar nicht an.

Wann, wenn nicht jetzt – will ich mein Leben leben?
Wann, wenn nicht jetzt – will ich vertrauen?
Wann, wenn nicht jetzt – will ich dir meine Liebe geben?
Wann, wenn nicht jetzt – will ich auch mich liebend anschauen?

Ich lese nochmals diese Sätze,
die einer hat mir zugedacht,
ich danke still für diese Schätze,
und spür, dass etwas in mir lacht.

Wirklich?

Ist sie wirklich denn so schrecklich,
diese Welt, in der wir leben?
Gibt es wirklich keinen Raum mehr
hier für Heiligkeit und Frieden?
Oder sind es nur die Medien, die sich dran ergötzen,
uns mit Gier, Angst, Schrecken stets zu blenden,
uns den Blick verstellen für das Wahre, Schöne,
und uns lähmen und in Furcht erstarren lassen?

Sind wir wirklich alle Bestien,
stets bereit, zu schlagen, richten und zerstören,
sei's aus Furcht, aus Dummheit oder für den schnöden Mammon,
oder sind wir auch im Stande, uns für's Gute zu entscheiden,
mitzuwirken an der Schöpfung,
Frieden spendend, Trost und Hoffnung?
Ist's nicht so, dass alle unsere Ängste, Sorgen
stets vermehren allen Schrecken in der Welt?

Sind wir nicht verpflichtet uns zu wehren
gegen dieses negative Denken,
gegen diese Sucht, in Not, Leid und Entsetzen sich zu weiden?

--- Komm! ---

Ich lad' dich ein, den Blick zu wenden,
dich zu wehren gegen Frustration und falsche Bilder,
wieder hinzuschauen – hören – fühlen
wo die wahren Werte zu Dir sprechen.

Dich zu freuen an dem Lächeln eines alten Menschen,
an dem Lachen eines Kindes,
an dem Schweigen von zwei Freunden,
zu empfinden, dass die Schöpfung sich an jeden wendet,
der sich öffnet für das große eine Wissen,
in dem Wandel stets den Keim zur Neugeburt zu sehen.

Deine Kräfte zu entdecken,
deine Macht, stets positiv zu wirken,
nicht Geschöpf nur,
sondern Schöpfer dieser Welt, in der wir leben.

Komm, wir schaffen eine schöne Welt zum Leben!

Was ist wichtig?

Was ist wichtig, wer ist wichtig,
was ist falsch und was ist richtig?
Tu etwas und streng dich an,
sonst kommst du ja niemals an.

Vorwärts, vorwärts, geh schon weiter,
dreht sich rasch der Uhrenzeiger,
und die Zeit vergeht geschwind,
eben warst du noch ein Kind.

Was war schön und was war wichtig?
Einfach leben – so vielschichtig,
zu verweilen dann und wann,
warst ganz nah am Glücke dran.

Vorwärts hastend, ganz benommen,
hast dir deine Zeit genommen,
doch das Schöne an der Zeit:
Jetzt ist immer – gar nicht weit.

Und im „Jetzt" neu angekommen,
kannst du fragen neu – besonnen,
was wär' wichtig – für mich richtig?

Lauschst du – wird die Antwort kommen.

Wer ?

Wer setzt mir meine Grenzen fest?

Wer sagt, was ich zu leisten habe?

Wer sagt: „Dies kannst du – kannst du nicht“?

Wer klagt mich an und fordert immer mehr?

Wer sagt: „Sei glücklich oder traurig“?

Wer gibt mir Freude und Vertrauen?

Wer schenkt mir Liebe, Wertgefühle?

Wer sagt: „Dies bist du – bist du nicht“?

Wer setzt die Grenzen hier in meinem Leben,
und wer ist fähig sie zu ändern,
zu befreien?

Lebensfragen

Das Leben, hat es einen Sinn
und kann ich ihn erfassen?
Wenn ja, wo führt mein Hiersein hin,
was soll ich tun, was lassen?

Was gibt es hier für mich zu tun,
wonach gilt es zu streben?
Wo fang ich an, wo hör ich auf?
Was heißt es: richtig leben?

Gar manches, was ich dacht sei gut,
hat sich als schlecht erwiesen,
und manches, was mir erst missfiel,
hab ich danach gepriesen.

Doch wer kann wirklich glücklich sein,
zufrieden rückwärts schauen?
Der, der stets strebt,
der, der stets sucht?
Kann er sein Glück sich bauen?

Fortuna gießt ihr güldenes Horn
stets aus in diese Welt,
doch nehm ich`s wahr, kann ich es sehen,
-- ist mir der Blick verstellt?

Ich glaub an einen Sinn im Sein,
spür ihn in meinem Herzen,
Verstand erfasst ihn nicht allein,
er fühlt nicht, kann nur werten.

Ein Sinn für mich hier kann es sein
die Welt bewusst zu lieben,
im Einklang mit mir selbst zu sein,
an dem, was ist, mich zu erfreuen
und stets an meinem Tun von Neuem,
-- mein Hiersein zu genießen.

Das Leben, hat es einen Sinn?
Wohl den, den ich ihm gebe !

Und eine Stimme spricht aus mir,
sie spricht, ruft :
„*liebe, lebe, l ………!*“

Zu häufig

Zu häufig nehmen wir uns allzu wichtig,
zumindest den Teil von uns, der uns meist bestimmt.
Und allzu häufig nehmen wir uns gar nicht wichtig,
erkennen nicht, wie wir im wahren Wesen sind.

Zu häufig lass' ich mich von Alltagsbildern täuschen
und der Gedankenstrom erzeugt ein Manuskript,
und allzu häufig schreib' ich kopflos an dem Film des Lebens
und merk' nicht, dass es meine eigene Rolle ist.

Zu häufig mein' ich, eine fremde Rolle hier zu spielen,
als sei ich machtlos ausgeliefert an die Welt,
und allzu häufig steh' ich nicht zu den Gefühlen,
sie wollen künden doch, was für mich wirklich zählt.

Zu häufig scheinen Sein und Schein sich zu verkehren,
verlier' ich mich in meines Lebens Labyrinth,
drum will ich inne halten – lernen aus des Lebens Lehren,
erkennen neu, dass ich der Autor meines Lebens bin.

Jeder will

Jeder will sein eig'nes Leben leben,
nonkonform – konform,
stets nach eigenen Zielen streben,
wir wünschen keine Norm.

Perfekt zu sein ist unser Recht,
und wer's nicht schafft, dem geht es schlecht,
denn unbemerkt ist unser Streben
nun eben doch der Norm erlegen,
die uns von Medien aufgezwungen,
der Coup, der ist perfekt gelungen.

Wir messen uns am Menschenbild,
künstlich erschaffen für die Welt.
Die Freiheit müssen erkaufen wir nun,
was hat das noch mit uns'rem Menschsein zu tun?

Als Individuum geboren,
scheint uns der rechte Blick verloren.

Die eigene Art, das eigene Wesen,
erscheint als Schwäche jetzt, gemessen
am Bild, das Medien uns erschaffen,
und weite Diskrepanzen klaffen.

Wir leiden nun an Minderwertigkeitsgefühlen,
wir kaufen, schuften, streiten, wühlen,
sind unzufrieden, wollen mehr,
haben so viel und sind doch leer,
und schaffen wir`s nicht umzuwenden,
wird unser Leben trostlos enden.

Wir müssen lernen, umzukehren,
wir müssen lernen, uns zu wehren,
perfekt ist jeder Mensch auf seine Weise,
doch spricht die innere Stimme leise.

Wir brauchen Ruhe, brauchen Zeit,
dann ist das Herz in uns bereit,
uns anzunehmen, wie wir sind.
Dein Leben ist für Dich bestimmt!

Bilderwelten

Die Welt in der ich leb` ist vielgestaltig,
doch mach ich mir ein Bild und häng` es in mein Kämmerlein.
Dort hängt es stumm nun neben vielen, staubig,
verblasst und mag nur sagen, was ich leg an Sinn hinein.
Ich sehe eingefrorene Eigenschaften
und Grenzen nicht verrückbar, starr,
und will mir jemand seine Welten zeigen,
so deut` ich auf mein Bild und sage: „ Dies ist wahr!“

So leben wir in Bilderwelten, die wir uns schaffen gar so fern
von dem was unermesslich und gewaltig,
sich ständig werdend – wachsend wandelt,
dem Leben hier auf diesem „Stern“.

Wesentliches

Stets dankbar sein für alles, was da ist,

der positiven Absicht stets gewiss,

dich öffnend für die eine Energie,

die uns durchströmt als ewig göttlich Chi,

als Brahma, Reiki, Liebe, Licht der Welt,

als Bioplasma oder Lebensfeld,

geeint mit dieser Kraft, die immer war und immer ist,

erlebst du, dass auch du im Wesen göttlich bist.

Du darfst dich lieben, deinen Kräften anvertrauen,

auf deine Wachstumsfähigkeiten bauen.

Allein dem Ego schenke kein Gehör,

denn es ist klein und ängstlich, fürchtet alles sehr,

es zeigt ein stets verzerrtes Spiegelbild der Welt,

die der nur wirklich sieht, der schweigend innehält,

um zu empfinden diese Kraft und Harmonie,

der Schöpfung große Lebenssymphonie.

Menschen und Wege

Es soll Menschen geben, die gehen stramm drauf los, die verlaufen sich nie, sind scheinbar immer auf dem richtigen Weg, kommen immer voran.

Und es gibt wenige Menschen, die brauchen nirgends anzukommen, die sind da, wo sie sind, voll und ganz, die haben ihr Ziel im Jetzt und Hier.

Glückwunsch!

Ich gehöre leider nicht dazu.

Ich bin noch auf dem Weg, ich verlaufe mich öfters, verliere öfters das Ziel aus den Augen und finde mich manchmal ganz schön weit weg – manchmal ist es aber auch nur ein kleiner Schritt zur Seite oder zurück.

Es gibt Menschen, die verlaufen sich – immer weiter, und nehmen es gar nicht wahr. Vielleicht haben sie Glück und kommen per Zufall doch irgendwo an oder sie stehen plötzlich vor einer Wand oder einem Abgrund, der sie aufwachen lässt, so dass sie umkehren. Hoffentlich wachen sie auf und gehen nicht mit geschlossenen Augen weiter!

Es gibt Menschen, die gehen im Kreis, viele Male, bis sie endlich merken: Hoppla – hier war ich doch schon einmal, und dann einen neuen Weg wählen.

Es gibt Menschen, die laufen nur einfach so umher – mal rechts, mal links, mal vorwärts, mal rückwärts. Sie lassen sich treiben vom Zufall – Wissen sie nicht wohin? Wollen sie nirgendwo hin? Oder immer nur ein paar Meter weit?

Es gibt Menschen, die bleiben einfach stehen. Sie wissen nicht weiter oder denken, sie könnten nicht weiter. Sie gehen auch nicht zurück, um neu anzufangen. Nein! Sie bleiben einfach stehen und warten, dass die Zeit vergeht – seltsam.

Es gibt Menschen, die laufen ganz forsch drauflos, sie wissen scheinbar, wo sie hinwollen. Sie lassen sich auch nicht von ihrem Weg abbringen, doch wenn sie dann da sind stellen sie fest: „Ich hab' mir das ganz anders vorgestellt. Warum hat mir das keiner gesagt?"

Es gibt Menschen, die rennen mit jedem, der vorbeikommt, ein Stückchen mit, denken, die anderen wüssten besser, wo es langgeht, mal der eine, mal der andere.

Es gibt Menschen, die laufen immer weiter. Die merken gar nicht, wenn sie im Ziel angekommen sind – haben es vergessen – sind mit ihren Gedanken schon weiter, laufen immer schneller.

Es gibt viele Menschen und viele Wege, die sich begegnen.

Und meine Wege?

Meine Wege sind manchmal schön, so dass es sich für mich lohnt, langsam zu gehen, zu genießen, alles wahrzunehmen – Manchmal sind sie steil, so dass ich mich anstrengen muss – manchmal bedrohlich, so dass ich schaue, dass ich schnell weiterkomme.

Und wenn ich spüre, dass ich mich verlaufen habe, schaue ich, ob die Richtung wenigstens stimmt, ob ich festen Boden unter den Füßen habe, wo das Licht herkommt, und dann entscheide ich, ob ich umkehren will oder über einen kleinen Umweg wieder meinen Weg finde.

Es ist spannend und schön immer wieder meinen Weg zu suchen, zu finden und zu gehen.

Erkenn....

Die größte Macht in unserm Leben
ist winzig klein, oft unerkannt,
sie wurd` vom Schöpfer uns gegeben,
um selbst zu schaffen mit Verstand.

Doch sind wir ihr oft ausgeliefert,
da wir ihr Wirken nicht verstehen,
und glauben so an andere Kräfte,
woll´n wir die eigene Macht nicht sehen?

Sie einzusetzen fordert Stärke,
Verantwortung und Disziplin.
Erkenn die Macht deiner Gedanken,
sie führen dich zum Leben hin.

Erkenn die Macht deiner Gedanken,
und segne deine Welt damit,
erkenn die Macht deiner Gedanken,
denn sie bestimmen dein Geschick.

Wir können

Wir können nicht alles können,

doch lernen können wir viel

und können bestimmt alles üben

und kommen so sehr oft ans Ziel

Wir können nicht alles begreifen,

doch suchend sehr vieles verstehen,

im Suchen wir wachsen und reifen

und unseren Weg vorwärts gehen.

Wir können nicht alles leisten

und fragen drum erst nach dem Sinn,

Vertrauen in uns hilft am meisten,

motiviert und schafft Kraft zum Ziel hin.

Wir können nicht fehlerfrei handeln,

doch spüren, was ist richtig und gut,

nicht zu schmal ist der Grad auf dem wir wandeln

auch zu ändern die Richtung mit Mut.

Wir können nicht immer erkennen
das Gute in uns und der Welt,
doch uns stets aufs neue bekennen
zu der Kraft, die uns trägt, die uns hält.

Wir müssen nicht alles können,
wir dürfen auch einfach nur sein,
uns mit Liebe bei allem begleiten,
für uns da sein, wie Licht,
\- Sonnenschein.

Wir dürfen stets neu an uns glauben,
dürfen hoffen, vertrauen, vergeben,
Welt und uns stets als ein Wunder empfinden,
was den Augenblick heiligt so finden,
und gestalten selbst Leben, - Erleben.

Wir müssen nicht, wir können und dürfen,
wir wollen vielleicht, haben ein Ziel,
wir sind frei in unserem Entscheiden,
haben Wahlmöglichkeiten ganz viel.

Gedankenströme

Gedankenströme entstehen
und ziehen viel zu schnell dahin,
meist kaum bewusst wahrgenommen
und ohne erkennbaren Sinn.

Gedankenströme kommen
und gehen, - doch nie allein,
denn sie tragen wie auf Wellenrücken
mir Gefühle ins Herz hinein.

Und ich wundere mich,- kann´s kaum begreifen,
wie Gefühle Besitz nun ergreifen,
ja mich offenbar manipulieren
und mein Denken woll`n kontrollieren.

So kann es mir – dir oft ganz schnell passieren,
dass wir scheinbar über uns die Kontrolle verlieren,
uns im Dickicht gewebt aus Gedanken, Gefühlen,
nicht mehr Herr über unser Leben fühlen.

Doch wie fing es an,
wo war der Beginn?

Gedanken kommen mir in den Sinn.

Sie strömen dahin in meinem Denken,
und wenn ich drauf achte,
kann ich sie auch lenken!

Programme

Verhalten
Reaktionen
Anpassung
Erfahrungen
Erfolg –Misserfolg
Verhaltensmuster
immer so
Glaubensmuster
richtig – falsch
Gefühlsmuster
gut – schlecht
Programme
gespeichert
automatisch
ablaufend
außengesteuert
veraltet
starr
ja – nein
schwarz - weiß

Neue Ziele
Neue Gedanken
Neue Erkenntnisse

Bedarfsanpassung?
Programmerweiterung?
Selbstgestaltet?
Wahlmöglichkeiten?
Interaktiv?
Neue Ebenen?
Neue innere Farben?
Neue Formen?
Neue Regeln?
Neue innere Sätze?
Neue Gefühle?
Neue Reaktionen?

Neue
Entscheidungen!
Neue Erfahrungen!
Neue Qualitäten!
Neue Sichtweisen!
Wahlmöglichkeiten!
Selbstgesteuert!
Selbstgestaltet!
Selbstbestimmt!
Immer neu,
lebendig,
spielen,
lernen,
gestalten,
neue Programme.

Stets neu wählen,
neu entscheiden,

mein Empfinden,
meine Gefühle,
mein Leben !

Fragen

Du fragst: was ist der Sinn im Leben?
Dem Leben einen Sinn zu geben?

Du fragst: wo führt mein Leben hin?
Ist jeder Moment Neubeginn?

Du fragst: wann komm im Ziel ich an?
Ist das Ziel jetzt - nicht irgendwann?

Du fragst: was wird mich weiter führen?
Im Herzen stets die Liebe spüren?

Du fragst: was darf ich lernen heute?
Das Leben lieben voller Freude?
Und dankbar sein – mein Sein empfinden?
Mich lieben, Gott im Innern finden?

Du fragst: wird mir die rechte Antwort auch gegeben?

Frage dein Herz – lausch still,
dann wirst Gewissheit du erleben.

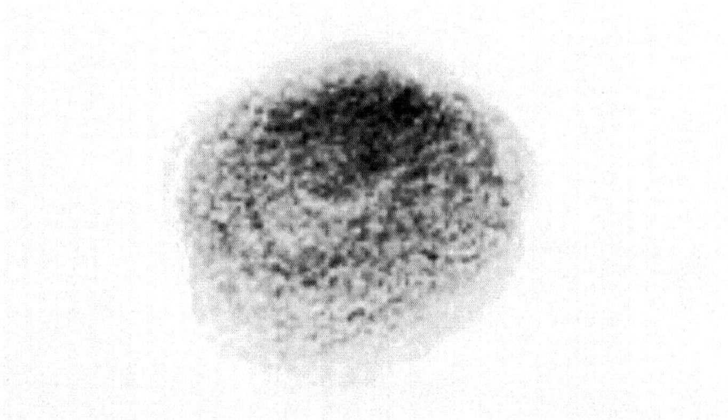

Meditatives....

Bewusst zur Ruhe kommen,

mich, mein Leben, mein Denken und Fühlen

wahrnehmen,

die innere Kraft und Lebensquelle spüren

und

dankbar sein

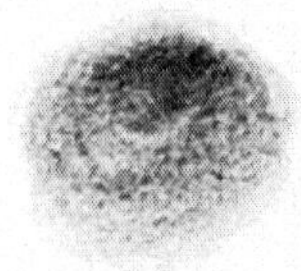

Licht

Was passiert, wenn sonnengleich dich Licht durchflutet,
welche Kräfte und Gefühle setzt es frei?
Kannst du`s spüren, jede Zelle wird vom Licht durchdrungen,
aufgeladen und erfüllt vom Leben - neu.

Stell' dir vor, das Licht erfüllt dein ganzes Wesen,
leicht wie Atem strömt es ein und von dir aus,
spür, nimm wahr, jetzt, lichterfülltes Leben,
was noch stört, das atme einfach aus.

Spür, nimm wahr, Licht kann dir Wärme geben,
Leben, Leichtigkeit und Energie,
suchst du neue Kraft – lass dich vom Licht durchströmen,
stells dir vor nur – Jetzt, du weißt schon wie.

Diesen Tag....

Diesen Tag will ich genießen,
heute will ich glücklich sein,
dankbar meinen Atem spüren,
spüren dieser Tag ist mein.

Diesen Tag will ich genießen,
weiß es liegt in meiner Kraft,
denn ich fühle, wie ich denke,
Denken Wahrnehmung erschafft.

Diesen Tag will ich genießen,
halt drum Ausschau, was ist schön,
jeder Augenblick ist einzig,
kann die kleinen Freuden seh´n.

Diesen Tag will ich genießen,
nehm´ mein Leben dankbar wahr,
Dankbarkeit und stets ein Lächeln
bringen mich dem Ziel recht nah.

Diesen Tag will ich genießen,
schau drum liebend an die Welt
und mit Liebe tief im Herzen
Angst und Ärger von mir fällt.

Ja den Tag darf ich genießen,
heute will ich glücklich sein,
wie ich fühle, wie ich denke,
das entscheide ich allein.

Und will mich die Welt enttäuschen,
kommen Sorgen über mich,
schau ich`s an aus weiter Ferne,
kann ich`s ändern oder nicht?

Schau es an im Licht der Liebe,
lass es los vertrau dem Sein,
und ich frag` mich, will ich leben,
will ich lieben, glücklich sein?

Ja ich will mein Leben lieben,
und ich will drum glücklich sein
und ich will den Tag genießen,
dies mein Leben, das ist mein.

Ich atme

Ich atme ein und bin bei mir,
ich atme aus, bin jetzt und hier,
ich atme ein und spür mein Sein,
ich atme aus und atme ein.

Ich atme, spür' den Atem bloß,
ich atme und ich lasse los.
Ich atme ein und weiß: Ich bin,
ich atme aus, ahn' einen Sinn,
ich atme ein voll Dankbarkeit,
ich atme aus, ahn' Ewigkeit.

Ich atme ein, bin für mich da,
ich atme aus, sag zu mir ja,
ich atme ein, lass mich durchströmen
und Licht und Liebe mich versöhnen.
Ich atme aus, umarm die Welt,
spür', wie die Liebe mich erhellt.

Ich atme ein und bin berührt
von dem, was mich zum Leben führt.

Ich atme aus und wieder ein,
im Atmen spür' ich, ich darf sein!

Sei still!

Wenn die Sonnenstrahlen dich liebkosen,
und die Zeit in Ewigkeit versinkt,
ja, dann schließe deine Augen,
dieser Augenblick ist dir bestimmt.

Du darfst tief ins Herz die Liebe strahlen lassen,
Ruhe, Freude und Gelassenheit,
spüren, Schöpfung ist zu allen Zeiten
stets für dich und mich bereit.

Bist ein Teil von diesem Ganzen,
aus dem gleichen Stoff, der allem inne wohnt,
bist bewusstes Sein, bewusst erschaffen,
zweifelst du, ob sich's zu leben lohnt?

Atme tief und fühl' die Kräfte fließen,
ist da nicht etwas, was aus dir will?
Dieses Leben wollen wir genießen,
drum halt inne, werd' mal still!

Affirmation

*

Ich freue mich auf diesen Tag,

gespannt was er mir schenken mag,

vertraue hier und heute,

voll Heiterkeit und Freude,

in meine stete Lebenskraft,

die Licht und Liebe spürt, erschafft.

Drum geht`s mir besser jeden Tag,

was immer sich ergeben mag.

*

Einfach

Einfach mal lachen
einfach jetzt sein
einfach loslassen
es darf alles so sein

Einfach jetzt leben
diesen Moment
einfach empfinden
das Jetzt als Geschenk

Einfach jetzt lieben
dich und die Welt
einfach nachspüren
etwas Kraft gibt, dich hält

Einfach erkennen
du kannst selbst bestimmen
wie du erlebst
Welt mit all deinen Sinnen

Einfach probieren
dies dein Glück auch zu spüren
einfach dankbar erkennen
dein Herz wird dich führen.

Einfach annehmen
einfach vertrauen
einfach einfach nur leben
Welt mit Liebe anschauen

Geh' in die Stille...

Geh' in die Stille ab und zu
und gönne deinem Herzen Ruh'.

Um still zu sein, da braucht's nicht viel,
still sein kannst du selbst im Gewühl,
tief in Dir selbst, da ist ein "Flecken",
den musst Du selber nur entdecken!
Indem der Blick sich innwärts wendet,
der stete Strom des Denkens endet.

Du fühlst die Kraft, erinnerst Licht,
Du hörst die Stimme, die aus Dir spricht.
Du wirst im Wesen wesentlich
und fühlst vielleicht
ja,
das bin ich!

Die Liebe und …

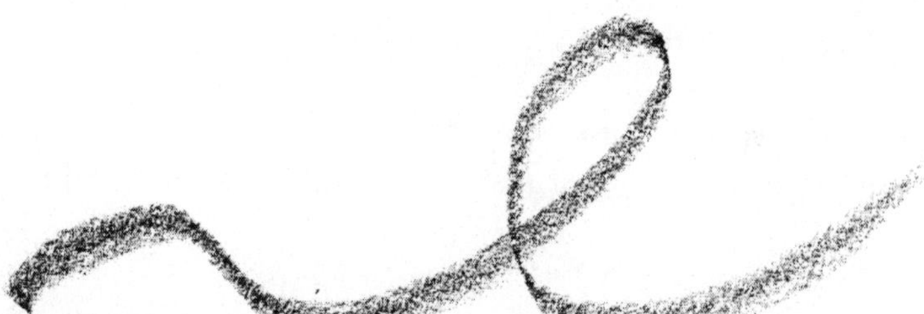

Liebe empfinden und leben

auf allen Ebenen

zu Dir selbst, den Menschen, der Welt,

als Geschenk und als Aufgabe,

immer neu,

auch in schweren Zeiten.

Liebe ist eine Kraft, die viele Probleme überwinden und wandeln kann und dem Leben stets einen neuen Sinn geben.

Hast du?

Hast du die Menschen schon gesehen,

die mit dir ein Stück Leben gehen?

Hast Ihre Seele du erblickt,

eh Schicksal, Zeit sie von dir schickt?

Warst dich zu zeigen du bereit,

ganz dich zu öffnen, du zu sein?

Wenn nein, dann nutze deine Zeit,

wie lang euch bleibt, weiß Gott allein.

Ja kostbar ist es, wertvoll, schön

einander tief ins Herz zu sehn

und zu erspüren eure Wesenheit

und so Geschenk ihr für einander seid

Mit dir

Dich berühren
Atem spüren

Lippen finden
Sich verbinden

Tastend streben
Nehmend geben

Sein mit dir
Jetzt im Hier.

Feuchte Haut
Liebeslaut

Dich umschlingen
In dich dringen

Im Bewegen
Sich erleben

Körperbeben
Mit dir schweben

Ohne Raum und Zeit
Nur Gemeinsamkeit.

Liebeswonnen
Angekommen

Glücksempfinden
Ruhe finden

Mit dir daheim
Einheit sein

Mein Kind

Wie viel hab ich von dir gelernt mein Kind

Du wirbelst auf den Staub in den die Zeit uns spinnt

Aus deinen Augen strahlt die Freude noch so rein

In deinem Lachen kann kein Quäntchen Zweifel sein

Vertraust in deine Kräfte, in des Lebens Fülle

Lernst unentwegt, bist Sein und trotzdem Wille

Kennst keine Grenzen und kannst somit wachsen, dich entfalten

Schaff′ ich′s von alledem dir etwas (für die Zukunft) zu erhalten?

Wie viel hab ich von dir erneut gelernt mein Kind

Komm lass uns spielen,

eh die Zeit verrinnt!

Liebe

Liebe fragt nicht nach warum

Liebe fragt auch nicht wozu

Liebe nimmt dich ein und ist

viel mehr als du kannst begreifen

ohne Fragen einfach Sinn

weißt du bist aus ihr geboren

fühlst in ihr dich angenommen

bewusst kannst du in ihr stets sein

Sinn des Daseins ganz allein

Stets neu

Lass mich dir meine Liebe schenken,
so wie der Wind dem Meer,
ein Spiel so leicht und kraftvoll eben,
stets neu, voll Freude und voll Leben,
mal zart und mal viel mehr.

Lass mich dir meine Liebe schenken,
so wie der Sonnenschein.
dich wärmt sein Licht, erhellt dein Leben,
im Farbenspiel dir Freude geben,
lebendig soll sie sein.

Lass mich dir meine Liebe schenken,
ganz ohne viele Worte,
im Wissen wir sind tief verbunden,
das Licht in uns hat sich gefunden,
jetzt und an jedem Orte.

Lass mich dir meine Liebe schenken,
sind wir auch oft verschieden,
ein jeder lebt sein eignes Leben,
kann so dem Andern vieles geben,
so wollen wir uns lieben.

Und wenn wir uns mal nicht verstehen,
im Andern mehr den Mangel sehen,
wenn wir uns fremd im Denken sind,
erinnere ich mich und spür geschwind:

Ich will dir meine Liebe geben,
jetzt heute und mein ganzes Leben,
- die Liebe, die stets neu beginnt.

Lebensliebe

Ja meine Geliebte ist das Leben,
schenkt mir jeden Tag so viel,
Wolken, Himmel, Lichterspiel,
Pflanzen, die im Wind sich wiegen,
in Farbenpracht die Felder liegen,
was ich seh, das muss ich lieben,
im Großen, Kleinen Glücksgefühl.

Ja meine Geliebte ist das Leben.
Will es lieben einfach nur,
all die Klänge der Natur,
Bachesplätschern, Blätterrauschen,
dem Konzert der Vögel lauschen,
selbst die Stille kann berauschen,
ist mir Lebensfreude pur.

Ja meine Geliebte ist das Leben.
Wie vieles doch kann es mir geben.
Ach wie lieb ich seine Düfte.
die mich überall umgeben,
Früchte, Blüten, Walderleben,
Frühlings- ,Sommer- Herbsteslüfte
mich auf eine Reise nehmen.

Ja meine Geliebte ist das Leben,
das mich täglich neu berührt.
Immer neu mein Herz es spürt,
Sonnenstrahlen, Wind empfinden,
tastend die Nuancen finden,
Gräser, Blätter, Bäumesrinden
mich zu Glücksempfinden führen.

Ja meine Geliebte ist das Leben.
Ach was kann mir Mensch-Sein geben,
schweigend lautloses Verstehen,
Augenleuchten, Freude sehen,
tröstend auch zum Andern stehen,
Liebe so stets neu erleben.

Fühl mich geliebt und lieb das Leben,

ja meine Geliebte ist das Leben !

Trauer

Ach wie einsam ist das Leben, ohne Zärtlichkeit und Liebe
und es schmerzt mein Herz, die Sehnsucht, wissend wie es einst
mal war!

Und allein die Hoffnung, dass ein Wunder mag geschehen,
schenkt mir Lebenskraft, Ausdauer, doch ich frag:
„wird es je wahr?“

Blick voll Dank zurück, erinnernd
all die guten, warmen Zeiten,
jäh zerrissen, ohne Ahnen,
wurde dann mein Lebenstraum.
Such in mir, aus mir heraus nun Sinn zu finden,
manchmal schaff ich`s
– dann füllt Trauer wieder jeden Raum.

Weiß ich kann im Leben nichts erzwingen,
muss vertrauen, dass das Schicksal einst mich neu beschenkt,
will nicht untergeh`n im weiten Meer, muss weiter schwimmen,
hoff dass höherer Sinn mich führt und so mein Leben lenkt.

Ach ich weiß, wie schön das Leben
und dass Grund zur Freude all die Schöpfung dieser Welt.
Bin drum für mich da, ab jetzt, umarm mich,
will mir meine Liebe geben,
schenke mir die Liebe,
die mich nährt und stets am Leben hält.

Sehnsucht

Die Sehnsucht einst zuhaus zu sein
in einem andern Herzen,
sie schenkt dir Hoffnung, schenkt dir Leid,
Angst vor Verlust und Schmerzen.
Die Sehnsucht da könnt jemand sein,
für dich bestimmt zum Glücklich-sein
ist Illusion, - du weißt es schon,
musst glücklich sein - aus dir allein,
kannst sonst nie deinen Wert sehn.
Die Sehnsucht da könnt jemand sein,
dem schenkst du deine Liebe,
wird dich erhöhen, dir Freude sein
und bündelt alle Triebe.
Vertrauend in der Liebe Kraft,
dass Liebe Glück und Freude schafft
und Liebe aus Vertrauen lebt
und Liebe stets was ist erhebt
bist du zuhaus in deinem Haus,
dem Haus aus deiner Liebe.
Die Sehnsucht, da könnt etwas sein
von Ewigkeit und Dauer,
raubt dir das Glück im Augenblick,
der Feind liegt auf der Lauer.
Leb den Moment - als ein Geschenk,
erleb dein Sein - als Glück allein,
gib so dem Leben seinen Sinn,
jeder Moment ist Neubeginn,
zerbrech der Ängste Mauer.

Die Ewigkeit liegt nur im Sein
ganz tief in dir empfunden,
nimmst du es war, sei dankbar dann,
sind es auch nur Sekunden

Warten

Es war hier eine bunte Welt
eh mir ein Nebel sie verstellt
Die Schwaden kalt vorüber ziehen
ich spür, sie zieh`n mich zu sich hin

Halt fest, vertraue, schau nach vorn
weiß ganz genau, es geht vorüber
und warte wie ein Samenkorn
das glaubt ein Frühling weckt es wieder

Der Nebel trübt mir meine Sicht
doch ahn ich zartes Sonnenlicht
und dann im warmen Sonnenschein
die Welt ist wieder hier und mein

Und tief aus meinem Innern spricht
ein andres Licht, das nie erlischt:
„So lang ich glaub an einen Sinn
gibt's immer einen Neubeginn"

Angst und Liebe

Die Angst ist`s die die Welt zerstört,
die Sehnsucht schreit im Innern tief nach Liebe,
nach Wissen um Geborgenheit,
trotz Wandel und Vergänglichkeit,
der Zeit, dem stillen Diebe.

Doch Zeit nur lässt mich Welt erleben
und ahnen was bedeutet Ewigkeit.
Sie lässt mich zielwärts vorwärts streben,
im Wissen ich muss alles wieder geben
gibt sie dem Leben auch Besonderheit.

Was bleibt, was kann als Halt ich denn empfinden?
Nicht Äußeres, nicht was geschenkt von dieser Welt,
kann Halt nur tief im Innern finden,
mich mit dem einen Sein verbinden,
im Wissen, dass nur eines – nur die Liebe zählt.

Der Ruf nach Liebe richtet sich nach Innen,
im Ahnen, dass stets Liebe ist und in mir war,
wenn ich vertrau, wird sie gewinnen,
erfüllt sie mich mit allen Sinnen,
sagt neu mein Herz zu diesem Leben JA.

Die Angst zerstört, zerstört dir deine Welt,
doch Liebe ist es die die Welt erhält!

Nimm ihn an....

Stets vergehen muss die Zeit.
Altes gehen,
neu entstehen,
was die Zukunft hält bereit,
mal mit Freude, mal mit Leid.

Stets verlier`n wir, was mal war.
Bilder bleiben,
Gefühlsreigen,
die uns zeigen, es war wahr,
es gab Zeiten wunderbar.

Doch Erinnerungen uns oft binden,
zwingen uns oft zu vergleichen,
stellen so dir deine Weichen.
Neue Wege musst du finden,
frei von Altem, neu empfinden.

Stets dich neu im Jetzt erleben.
Stets annehmen,
stets wahrnehmen,
dies dein einzigartiges Leben
wurd` dir als Geschenk gegeben,
um im Jetzt dich zu erfreuen,
Altes geht – gefolgt von Neuem.

Bist zu leben du bereit?
Nimm ihn an den Lauf der Zeit.

Vertrauen, Wachsen

Sein

Im Vertrauen

können wir leben und wachsen,

immer neu beginnen,

in unserem Sein hier

einen bewussten Sinn empfinden.

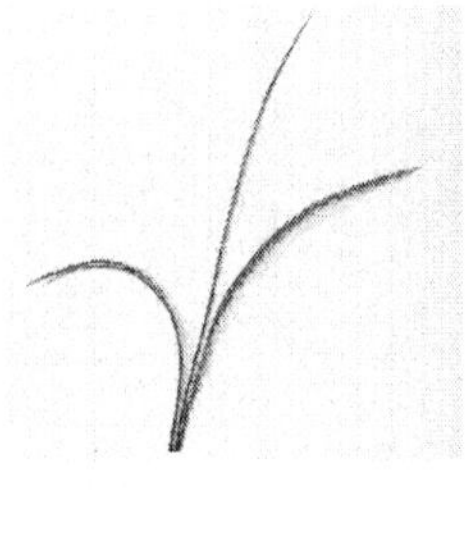

LEBEN !

Welcher Pflanzensame hätte die Kraft und den Mut zu wachsen, wenn er an der Erinnerung an den Frost des Winters festhielte?

Welcher zarte Knospentrieb würde sich zu entfalten wagen, dächte er unentwegt an die Hitze des kommenden Sommers, an die Gewalt der Herbststürme, welche auf ihn warten mögen?

Das wahrhaft Große entsteht nicht aus dem Analysieren der Vergangenheit oder aus dem ängstlichen Abwägen der Zukunft, sondern aus der Kraft des Glaubens (Vertrauens) an die Vollendung einer erdachten Idee.

Wollen wir Großes vollbringen, und unser Leben ist wahrhaft etwas Großes, so lasst uns also wieder glauben (vertrauen) lernen und die Idee nicht vergessen („Gott schuf uns als sein Ebenbild"). Lasst uns lernen unsere Ziele zu leben!

Jedes gewagte Vertrauen, jeder gewagte Glauben – stärken meine Vertrauens-Glaubensfähigkeit.

Jede empfundene o. ausgedrückte Liebe – erhöht meine Liebesfähigkeit.

Jedes bewusst wahrgenommene Glück, jeder ausgedrückte Dank – vertiefen meine Glücksfähigkeit, Dankbarkeit.

Jede bewusst erlebte/gelebte Empfindung – vermehrt meine Empfindsamkeit und mein Bewusst-sein.

Diese Gefühle strahle ich aber auch aus auf meine Umwelt.

Vergleichbar mit einer Antenne kann ich nur dann das richtige Programm wahrnehmen, bin ich nur dann resonanzfähig, wenn ich mich entsprechend ausrichte. Gleichzeitige strahle ich dann aber auch das „Gefühls-Programm“ als Antenne wieder ab und verstärke es.

Glück, Liebe, Harmonie genauso wie Sorgen, Ängste, Hass.

All dies wirkt auf die Welt und auch auf unsere Gesundheit und unser Seelenempfinden ein.

Darin liegen Chance und Gefahr – Verantwortung !

Lasst uns unsere Verantwortung erkennen, unser Lebensprogramm selbst gestalten und uns weder von Medien, Konsumwelt, noch von unseren Vergangenheits- o. Zukunftsängsten unser Programm vorschreiben.

In diesem Sinne:

LEBEN !

LEBEN - wenn nicht jetzt - wann sonst?

LIEBEN - wenn nicht jetzt - wann sonst?

VERZEIHEN - wenn nicht jetzt - wann sonst?

VERTRAUEN - wenn nicht jetzt - wann sonst?

VERANTWORTUNG TRAGEN - wenn nicht jetzt - wann sonst?

DANKEN !

Alles immer neu erleben

LEBEN - WIRKLICH LEBEN

Der Baum im Fluss

Ich steh mit meinen tiefen Wurzeln
im Strom des Lebens still,
die Kron zum Himmel hoch erhoben,
zum Licht hin ist mein Ziel.
Der Fluss mit seinem wilden Rauschen
an meinen Wurzeln zerrt,
spür´ die Gefahr und auch das Leben,
der Fluss ist´s, der mich nährt.
Ob er mit seinen kräftigen Wellen
hinweg mich reißen will?
Nein Freude ist´s und Spaß am Spielen,
will, dass ich Leben fühl.
Der Fluss er strömt mal sanft und lieblich,
er strömt wild wütend, brüllend laut,
nie gleich ob gestern, heute, morgen,
doch stets in sich das Sein verborgen,
wohl dem der ihm vertraut.

Jahreszeiten

Ja, der Frühling ist voll Leben,
Werden, Wachsen, Vorwärtsstreben,
stets Veränd`rung, neu Erleben,
lebt nur jetzt, kennt noch kein Ziel.

Sommer, kraftvoll sich entfaltet,
was das Leben hat gestaltet,
und ein jeder jetzt verwaltet,
was er hat, wohin er will.

Und im Herbst die Früchte reifen,
kann mein Lebenswerk begreifen,
weitergeben von den reichen
Früchten, die die Zeit mir schenkt.

Dann – im Winter – halt' ich inne,
richt' nach innen meine Sinne,
ruhig und klar die inn're Stimme
mich zum Wesentlichen lenkt.

Jeder Tag auf seine Weise
schenkt mir auf der Lebensreise
mal ganz klar und mal ganz leise
eine Botschaft, ein Gefühl.

Und der Kreis, er wird sich schließen,
Ende wird in Anfang fließen,
freudig alles stets genießen,
mal ganz laut und dann ganz still.

Lass die Freude ihre Flügel....

Lass die Freude ihre Flügel schwingen
hoch empor in klare Lüfte,
frei von Fesseln, wie der Saite klingen,
wie des Flieders zarte Düfte.

Öffne deines Herzens Türen,
Ohren, Augen, alle Sinne,
lass des Lebens Hand dich führen
und vertrau auf seine Stimme.

Danken ist der Schlüssel zum Empfinden,
alles, was uns ist, ist ein Geschenk des Lebens,
drum lass los dein Wollen und Verlangen,
dein dich Sorgen, deine Ängste, all dein Bangen,
was einst war und was bereits vergangen,
blick zurück, erkenn die Sorgen sind vergebens.

Drum lass los und öffne dich dem Neuen,
überfließend voll ist stets des Lebens Fass,
sieh doch mutig ohne Scheuen,
jeder schöpft mit seinem Maß.

Drum schaff Platz in deines Herzens Kammern,
dass du schöpfen kannst mit vollen Händen,
löse dich aus deiner Ängste Klammern,
Dankbarkeit wird dein Empfinden wenden.

Und aufs Neue lass die Freude ihre Flügel schwingen,
hoch empor in klare weite Lüfte,
frei, lebendig, wie der Saite klingen,
stets neu, wie des Frühlings zarte Düfte.

Der kleine Stein

Es war einmal ein kleiner Stein, der war traurig, denn er hielt sich für nichts Besonderes. Er lag in der Schublade eines Juweliers neben vielen bunten anderen Steinen, nur er war farblos und bleich.

Die anderen Steine prahlten damit, wie schön sie doch seien und jeder hielt seine Farbe für die allerschönste. Der Achat mit seinen bunten Bändern, der Amethyst mit seinem tiefen Blau-violett, der Rubin mit seinem warmen Rot, der grüne Turmalin und der hellblaue Aquamarin. Sie alle warteten darauf, im Laufe der Zeit ihre Fassung zu bekommen, um dann bewundert zu werden.

Nur unser farbloser, kleiner Stein fühlte sich wertlos und fragte sich, wie er überhaupt hier her gekommen war.

Doch eines Tages tasteten vorsichtig die Finger des Juweliers in der hintersten Ecke der Schublade, wo sich der Stein versteckt hatte. Die Finger griffen ihn vorsichtig und er spürte einen warmen Blick auf sich, als sei er etwas ganz kostbares. „Da bist du ja", sagte der Juwelier, „hattest dich ganz in der Ecke versteckt, dabei soll aus dir etwas ganz Besonderes werden!"

„Aus mir?", dachte der Stein, und hielt alles für einen Irrtum. Vielleicht hatte der Juwelier zwischenzeitlich schlechte Augen bekommen oder war etwas verwirrt.

Doch der Juwelier nahm sich seiner an und schliff und polierte seine Oberfläche, bis der kleine Stein mit vielen Facetten, glasklar vor ihm lag.

„Nun sollst du deiner Bestimmung nachgehen“, sagte der alte Mann und hielt den Stein ein letztes Mal prüfend vor seine Augen. „Was soll das schon sein“ dachte der Stein und schämte sich. „Ich bin doch nicht bunt“, sagte er zum Juwelier, „wie soll ich denn die Menschen erfreuen?“

„Du bist etwas ganz Besonderes!“,

erwiderte der Juwelier, „lass erst einmal das Licht der Sonne in dich ein und du wirst sehen, dass du keine äußere Farbe brauchst, denn alle Farben der Welt sind in dir. Während die anderen Steine nur etwas glänzen oder eine Farbe zeigen, bist du dafür bestimmt, durch deine Reinheit und Schönheit alle Farben der Welt zu erzeugen. Während die anderen Steine das Licht nicht in sich hinein lassen und so nur in ihrer eigenen Farbe leuchten, die sie für die Richtige halten, kannst du das Licht in dich aufnehmen und in dir dem Licht erlauben, sich in allen Farben des Regenbogens auszudrücken.“

Der kleine Stein wollte erst nicht glauben, er solle so etwas Besonderes sein. Wie sollte das gehen? Doch der Juwelier lachte, legte ihn auf die flache Hand und ging mit ihm hinaus in den Sonnenschein.

Da wurde das Herz des Steins zum aller ersten Mal von der Sonne berührt und er spürte mit einem Mal all die Liebe des Universums in sich und alles in ihm und um ihn herum schien anzufangen zu vibrieren, zu singen, und er spürte einen Farbenkranz, der von ihm ausging und die Welt erfreute.

In dem Maße, in dem er sich vom Licht berührt fühlte, leuchtete sein Herz in allen Farben und er spürte, das war seine wahre Bestimmung.

Ab diesem Tag war unser kleiner Stein der glücklichste Stein, den man sich vorstellen kann. Ein Diamant, der leuchtete, wie keines gleichen.

Und alle Menschen, die ihn im Sonnenschein erblickten, fühlten sich in ihrem Herzen auf seltsame Weise berührt.

*

Die Welle

Die Welle wollt` stets oben sein,
oben ist´s schön im Sonnenschein,
da blieb sie einfach stehen.
Wie schön ist dieses Glücksgefühl,
am höchsten Punkt beim Wellenspiel,
die Zeit soll nicht vergehen.

Doch ihre Freude währt nicht lange,
schon wird es ihr ums Herz ganz bange,
was ist denn nur geschehen?
Um sie ganz still, kein Rauschen mehr,
um sie erstarrt das weite Meer,
kein Auf und Ab, kein Leben.

Und das Gefühl im Fluss zu sein
erlischt, sie fühlt sich ganz allein,
spürt, was ihr war gegeben.

Die Zeit steht still.

Sie ruft: ich will,
ich will, ja ich will Leben,
und stürzt hinab ins Wellental,
weiß nach dem Tal,
folgt allemal
ein neues Aufwärtsstreben.
Die Welle lacht, lässt los und freut,
ja freut sich ihres Lebens,
geborgen in des Meeres Schoß,
lebendig klein, lebendig groß,

lebendig - einfach leben

Die Pappel im Strom

Eines schönen Frühlingsmorgens, als die ersten zarten Knospen sich öffneten, legte sie, wie jedes Jahr, zum Fest des neuen Lebens ihr Festkleid aus aber tausend flauschigen Samenknospen an, welche im strahlenden Sonnenlicht weiß, weit sichtbar leuchteten. Wie jedes Jahr brachte sie tausendfach Leben hervor, in vielfältiger Gestalt und liebte alle ihre Kinder. So erzählte sie ihnen auch gern aufs Neue ihre Geschichte, wie sie hier her gekommen war, an diesen einzigartigen, schönen und wilden Ort mitten im Fluss, mit den Wurzeln tief im Strom stehend, stark die Krone dem Himmel zugewandt. Auf ihr wissbegieriges Drängen pflegte sie zu beginnen:

„Die Wege des Lebens sind oft seltsam und ungewöhnlich, aber die Wege des Lebens sind schön."

Sie wand sich der kleinsten Samenflocke zu und sprach: „Ich erzähle dir die Geschichte von dem kleinen Flöckchen, das du vielleicht auch einmal sein wirst, wenn deine Zeit gekommen ist."

„Es war einmal eine wunderschöne Pappelflocke, so wunderschön wie du, so einzigartig, so rein und weiß und so neugierig auf die Welt. Sie liebte es, sich im Wind schaukeln zu lassen, festgehalten von den starken Armen ihrer Mutter und sie genoss den Blick in die weite Welt, über die Hügel und Felder unter ihr, welche im Laufe des Frühlings ständig ihre Farben wechselten – eine schöner, als die andere – von braun nach pastell, grün, gelb, sattgrün u.s.w..

Eines Tages, die meisten ihrer Geschwister waren schon auf ihre Reise gegangen, sprach ihre Mutter, die Pappel: „Es ist Zeit, dass du auf die Reise gehst und dein eigenes Leben lebst. Ich liebe dich und deshalb lasse ich dich los in die Welt. Freue dich des Lebens und lass dich treiben und tragen vom Wind des Lebens und du findest deinen Platz, wo du einzigartig und schön wächst und deine Schönheit zeigen kannst." Noch ehe Flöckchen begriff, was dieser Schritt bedeutete, erfasste sie kraftvoll ein Windstoß und wirbelte sie hoch und höher, so dass ihr ganz schwindelig wurde. Erst traute sie sich gar nicht, die Augen zu öffnen, so wild erschien ihr alles. Doch schließlich fasste sie all ihren Mut, blinzelte in die ihr entgegen strahlende Sonne und erkannte voll Freude unter sich ihren Mutterbaum, auf dem sie groß geworden war, und obwohl sie schon weit entfernt war, konnte sie spüren, wie er sie ein letztes Mal liebkoste, hörte sie sein freudiges Rascheln und wie er ihr zuflüsterte: „Geh deinen Weg und sei glücklich."

Doch dann kam die Stille. Höher und höher war sie heraufgetragen worden auf den Armen des Windes und eine tiefe Trauer befiel sie. So groß war das Land um sie herum, Berge und Täler, Felsen und Spalten, Flüsse und Seen, und so bunt und schön es auch anzusehen war, so bedenklich kam es ihr auch vor. War es nicht auch gefährlich, zu leben? Wo sollte sie hin, wo war ihr Platz?

Die Sonne spürte ihre Trauer und kitzelte sie keck an der Nase: „Sei fröhlich, mein Kind", sprach sie, „das Leben ist schön. Überall, wo ich hin scheine, ist das Leben schön, ist es hell und warm, erklingt die Symphonie des Lebens.

Vertraue dem Wind, er wird dich auf fruchtbaren Boden tragen." So konnte die Sonne schließlich die kleine Flocke beruhigen, ihr Herz wärmen und ihr Vertrauen schenken, so dass das Flöckchen bald wieder genoss, auf dem Rücken des Windes zu tanzen.

Ich bin weiß und schön und ich hab' Mut, so hoch zu fliegen, dachte sie und lachte vor Lebensfreude, drehte einen Purzelbaum nach dem andern und freute sich, wenn sie gelegentlich eine andere Flocke am Himmel sah und sie fühlte, alle andern sind auch auf ihrer Reise.

Sie war schon weit geflogen und die Sonne stand tief am Horizont, als der Wind müde wurde und sie sanft auf der Astrinde eines fremdartig knorrigen Baumes mit weit verzweigter Krone absetzte. Doch ehe sie darüber nachdenken konnte, was sie alles erlebt hatte, sank sie in einen tiefen, erholsamen Schlaf.

Sie träumte von all ihren zappelnden Geschwistern, wie viel Freude sie zusammen gehabt hatten und von ihrem Mutterbaum, wie er schützend seine Knospenblätter um sie gelegt hatte, sie genährt und gelehrt hatte und wie stolz er auf sie war - und sie spürte seine Nähe, seine Liebe, die sie ihr ganzes Leben begleiten sollte, tief in sich drinnen.

Wieder war es die lustig kitzelnde Sonne, welche sie mit ihren Strahlen weckte. Am liebsten wäre sie gleich weitergeflogen, aber wo war der Wind? Kein Blatt rührte sich und so musste sich Flöckchen damit abfinden, zu ruhen und zu warten. Sie hatte viel Zeit, sich umzusehen, loslassen wollte sie nicht, denn was sie am Boden sah, gefiel ihr ganz und gar nicht.

Der Boden war nass und schlammig und auf ihm klebten einige Flöckchen fest, selbst schon völlig beschmutzt und zu nass und schwer, um sich nochmals in die Luft zu erheben, während ihr Kleid noch weiß und flauschig in der Sonne strahlte. Ich will leben, ich will fliegen, ich will schön sein, dachte sie, mit dieser schmutzigen und schmuddeligen Erde will ich auf jeden Fall nichts zu tun haben. Einen kleinen Marienkäfer, der vorüberkrabbelte und mit den Fühlern an ihr schnupperte, erzählte sie gleich aufgeregt ihre neue Erkenntnis. Der aber kicherte nur, pumpte seine Flügel auf und summte im Wegfliegen: „Du wirst schon sehen, was du davon hast. Du wirst schon sehen!“

Der nächste Tag war wieder ein wahrer Traum voll Freude und Intensität. Er begann mit einem Konzert von Vogelstimmen, dann holte der Wind Flöckchen ab und ließ ihm den Duft von Linden und Flieder in die Nase steigen. Die Bäche flirrten glitzernd im Sonnenlicht, die Wiesen zeigten ihr sattestes Grün und zu alledem hatte die Luft einen neuen, interessanten Geschmack nach Energie und Leben. Gerade als Flöckchen wieder einmal einen Purzelbaum schlagen wollte, entdeckte sie in der Sonne den vielfarbigen Regenbogen „Die Brücke zum Himmel“, hatte ihre Vater/Mutterpappel immer gesagt. Mit offenem Mund blieb sie mitten in der Luft stehen, denn von so weit oben hatte sie ihn noch nie gesehen, wie rein, wie klar, wie lebendig die Farben – und wie still zugleich. Wie schön ist doch das Leben, dachte sie und flog unvorsichtig höher und höher heran, bis der Wind heftiger und wilder wurde und erst jetzt sah sie die schwarzen, mächtigen Gewitterwolken, vor denen selbst ihre Vater/Mutterpappel gelegentlich gezittert hatte, in dem Wissen um die gewaltigen Kräfte des Universums.

Ein Lichtstrahl erhellte alles um sie herum, dann der ohrenbetäubende Donner und erste, schwere Regentropfen zischten in schnellem Fall an ihr vorüber. „Nur nicht nass werden, nur nicht nass werden und enden wie die Anderen“, dachte sie erschreckt, ließ sich an einen überhängenden Felsen herantragen und verbarg sich in einer sicheren, trockenen Felsspalte. Hier konnte sie alles beobachten und war zugleich sicher und geschützt. Wiederum sah sie mit Schrecken viele Samen am Boden kleben und dachte: Wie dumm die nur sind, sich nicht zu verstecken vor dem Regen!

Die Zeit verging, das Gewitter war vorüber und Flöckchen wäre gerne weitergeflogen, aber sie hatte sich verfangen und der Wind hatte nicht die Kraft, sie aus ihrem sicheren Versteck zu befreien. Die Sonne konnte sie am Anfang noch erfreuen, wurde ihr mit der Zeit aber unerträglich, denn es wurde immer wärmer und Flöckchen hatte einen unerträglichen Durst. Doch immer wenn es regnete, ließ das sichere Versteck keinen einzigen Tropfen zu ihr vor. So trocknete sie zunehmend aus und ihr Flaum wurde immer starrer und sie fragte sich verzweifelt nach dem Sinn ihres Lebens. Gleichzeitig geschahen um sie herum die reinsten Wunder.

Wo um sie herum die schmuddeligen Flocken gelegen hatten, begann sich nun Leben zu rühren und sie sah die ersten, zarten Keimblätter aus dem Boden sprießen, der anfing, so lieblich nach Leben und Wachsen und Werden zu riechen. Tag um Tag entfaltete sich um sie herum das Leben und je schöner sich das Leben vor ihren Augen zeigte, um so mehr litt sie unter ihrem Schicksal.

Warum war das Leben so hart zu ihr? Inzwischen war ihr Flaum völlig trocken und hart geworden und selbst wenn der Wind noch so fest geblasen hätte, er hätte sie nicht mehr wie früher in die Luft erheben können. Musste sie sterben? In ihrer Erinnerung erklang die Stimme ihres Vater/Mutterbaumes: „Geh deinen Weg und sei glücklich." Wie denn – es klang wie ein Hohn und in verzweifelter Trauer fing sie an zu weinen, wie sie noch nie in ihrem Leben geweint hatte. All die Sehnsucht, die Trauer, die Verzweiflung musste sich ihren Weg bahnen und sie schluchzte so laut, dass das Leben nicht umhinkonnte, sie wahrzunehmen. Ein Rotkehlchen hielt sie für einen kleinen Wurm, piekte mit seinem spitzen Schnabel in die Felsspalte und versuchte sie zu verschlingen.

Trocken und hart, wie sie geworden war, ließ er sie jedoch wieder fallen und sie landete auf einem tiefer gelegenen Felsen. Zu hart und schwach, sich weiter forttragen zu lassen, rollte sie der Wind nur ab und zu von der einen in die andere Ecke. Zu allem Überfluss kamen dann auch noch Ameisen vorüber und fingen an, an ihrem Kleid zu zerren. Ich will nicht mehr, ich will so nicht mehr, seufzte sie in ihren letzten Gedanken und sie fiel in einen erschöpften Schlaf.

Geweckt wurde sie von einem heftigen Gewitterregen, der sie nun erreichen konnte und mit seinen ersten Tropfen ihren starren Mantel etwas aufweichte. Der Regen wurde stärker und heftiger – was sollte sie tun? Sie hatte Angst, wie sollte sie sich festhalten und wie sollte sie hier überleben auf diesem Felsen? Als das Wasser mehr und mehr wurde, fasste sie allen Mut zusammen und ließ los, übergab sich dem Strom, der sie fortriss.

Zunächst konnte sie sich noch zappelnd und kämpfend über Wasser halten in der Hoffnung, Land zu erreichen. Dann wurde ihr Kleid zunehmend schwerer und schwerer und zog sie tiefer und tiefer hinab und sie spürte, dass es jetzt keinen Sinn mehr hatte, sich gegen den Strom zu wehren.

„Ich will doch leben, ich will leben, leben“, schrie sie ein letztes Mal verzweifelt hervor, während sie hinab gezogen wurde, tiefer und tiefer, und das Wasser mehr und mehr in sie eindrang und sie fiel in eine tiefe Bewusstlosigkeit. Das Wasser trug sie weiter und weiter, vom Rinnsal zum sprudelnden Bach, zum rasch fließenden Fluss bis zu einem großen, breiten Strom, in dem sich das Wasser wieder beruhigen konnte und so sank Flöckchen immer tiefer und wurde von einer dunklen Schlammschicht zugedeckt.

Hier träumte sie ihren Traum – den Traum vom Leben.

Sie sah sich wachsen, spürte, wie ihre ersten zarten Wurzeln sich rasch verzweigend ausbreiteten, ersten Halt fanden und die Kraft der Erde in sich aufsogen, wie die ersten Keimblätter sich entfalteten, sich reckten und streckten, nach oben, dem Licht entgegen. „Wie schön wäre es, zu leben, wie schön, die Sonne wieder zu sehen, zu wachsen, zu werden, wie schön, den Wind zu spüren, sich aufrecht dem Himmel zuzuwenden, seinen Platz zu haben, vom Leben versorgt zu werden.

Wie schön wäre es, zu leben – wie schön wäre es, zu leben, zu wachsen, leben und wachsen, leben und wachsen – wachsen – wachsen –wachsen ... und so träumte sie ihren Traum bis sie nach vielen Wochen durch die zunehmende Helligkeit aufwachte und die Sonnenstrahlen auf ihren ersten zarten Blättchen spürte.

Sie brauchte sehr lange, bis sie wusste, dass sie nicht mehr träumte, sondern wirklich mitten im Fluss stand und am Leben war.

Und so wuchs sie dankbar Jahr um Jahr voll Freude, sog all das Leben in sich ein und streckte dem Himmel, dem Licht dankbar ihre Krone entgegen, bis sie stark und mächtig der schönste Baum weit und breit war. Zwar hatte er/sie manchmal noch Angst vor der Kraft des kräftigen Stromes, der an seinen Wurzeln sprudelte, aber er wusste auch, dass er ihm sein Leben verdankte, damals und jeden Tag aufs Neue - so wie ich, der ich hier im Strom stehe an diesem einzigartigen Platz."

Sie blickte der kleinen Samenflocke in die Augen und spürte dieses tiefe Verstehen und Vibrieren, das sie immer hatte, wenn sie wusste, dass gleich etwas Einzigartiges, Augenblickliches geschehen würde.

Und dann geschah es und ihr Herz lachte vor Freude, so weit und herzlich, dass all ihre Blätter zu rascheln anfingen und abermals ihre Hymne sangen aus Leben, Wachsen und Leben, Leben und Wachsen.

Und wenn Du demnächst vielleicht einmal eine Pappel zart im Wind rascheln hörst, kannst Du vielleicht erahnen, dass etwas ganz besonderes geschehen ist

und Dich erinnern. .....

Stimmung

Empfinden

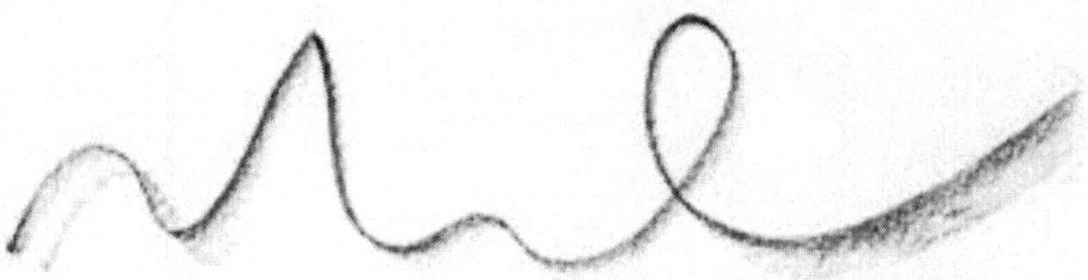

Immer wieder neu

dieses Leben

und jeden Augenblick

als einmaliges Geschenk

empfinden

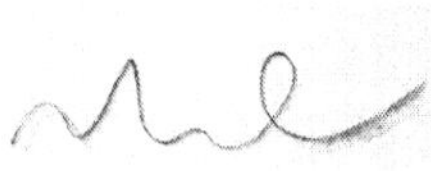

Augenblick

Eine Wolke zieht vorüber,
leise, leicht und hell und rein
und auf Bäume, Blumen, Gräser
fällt ein warmer Sonnenschein.

Und die Welt im Licht verzaubert
lädt dich ein dabei zu sein,
diesen Augenblick zu feiern,
denn er lebt im Jetzt allein.

Und ein kleiner Regentropfen
bricht das Licht in Farben klar,
sanft im Wind sich Pflanzen wiegen,
leuchten kraftvoll, - du bist da.

Atmest tief und spürst dein Leben,
jetzt und hier bewusst zu sein,
ahnst wie viel wurd` dir gegeben,
darfst im Jetzt hier glücklich sein.

Frühling

Früh am Morgen mich der Amsel Lied begrüßt,
heller wird's, die düsteren Tage sind vorüber,
zartes Grün aus todgeglaubten Ästen sprießt,
und ich spür', das Leben hat mich wieder.

Wärmer wird's, die Luft streicht meine Wangen,
tief im Innern rührt sich ein Verlangen,
Tatendrang treibt mich zu Schabernack.

\- Ach, die ganze Welt könnt' ich umarmen,
wie in frisch verliebten Jugendjahren,
\- einfach sein.

Und ich saug' sie in mich auf mit allen Sinnen,
erste Töne, Düfte, Farben,
stets mit gelb, weiß, rosa, will das Jahr beginnen,
zart umschmeicheln uns mit seinen ersten Gaben.

Staune stets aufs Neue über dieses Leben,
diese Symphonie, die alle Kräfte bindet,
und uns lenkt, so dass wir vorwärts streben
und zuletzt das Ende stets den neuen Anfang findet.

Linde

Ich trag der Hoffnung zartes Grün,
darf jedes Jahr erneut entstehen,
und Viele im Vorübergehen
es sehen, sagen „ist das schön“
Erinnerung mit sich tragen.

Mein Stamm wächst kraftvoll jedes Jahr,
die Ringe zeigen, wie es war,
auch Wunden, die die Zeit gebar,
und Zeit auch heilte, – wunderbar,
nach schweren kargen Tagen.

Und was nicht heilt, es tut zwar weh,
doch trotzdem ich gerade steh,
ob sommers, ob bedeckt von Schnee,
die vielen schönen Dinge seh,
das Licht ein jeden Morgen.

Verwurzelt steh ich tief im Grund,
die Wurzeln halten mich gesund,
der Grund schenkt Halt und Nahrung, – und
auch Wärme in des Winters Stund`
ich fühl mich so geborgen.

Ich freu mich einfach hier zu sein,
reck Äste hoch zum Sonnenschein,
fühl mich geliebt im Licht, – allein
durch Licht kann ich am Leben sein,
mach mir drum keine Sorgen.

Es gibt etwas, das mich erhält,
wenn`s auch mal stürmt, mal Hagel fällt,
halt`s aus, vertrau, so ist die Welt,
die gute Stunde doppelt zählt,
mein Leben mir stets neu gefällt,
jetzt , heute und auch morgen.

Meeresabendstimmung

Kraftvoll Wellen rollend rhythmisch rauschen,
während die Zikaden singen
und ein Meeresstreif, versilbert,
tanzt und wogt im Mondeslicht,
das sich stets aufs neue bricht.

Zederndutf und Abendwind
dir Geschichten, Träume bringt,
Sterne hoch am Himmelszelt
lassen ahnen größ`re Welt.
Ein Signal im Meer, weit weg,
leuchtet dem, der sucht den Weg.

Sonne

Hoch oben scheint am Himmelszelt,
es scheint von einer andern Welt,
das Licht der Sonne - warm, hell, klar
lässt spür`n, dass Leben ist und war,

dass **Leben - Liebe** in mir ist,

ja immer ist und immer fließt
und stets verbindet alles Sein
in Liebe **bist du** nie allein!

Sommerregen

Noch ist es still und drückend heiß, die Luft erstarrt,

doch da schon erste Wellen über Ährenfelder streifen.

Erst zaghaft noch, dann lebhaft tanzt und raschelt jedes Blatt

und Wolkenberge aus dem Nichts erwachsen, sich ausbreiten.

Der Wind hebt an, verdunkelt plötzlich diese Welt,

mit grellem Strahl und Donnerschlag die Schleusen öffnet nun das Himmelszelt.

Es dampft der Grund, saugt auf die Flut,

Natur zerzaust und doch zugleich gesegnet.

Und schon die Wolken reißen auf, der Himmel zeigt sich wieder

und leuchtend klares Sonnenlicht scheint auf die Erde nieder.

Sie strahlt in neuen Farben nun,

ganz frisch und voller Leben

und meine Augen auf ihr ruhn`,

- genieß das Wunder Leben.

Gartenfrühstück

Vogelzwitschern, Traktorbrummen,
ab und zu ein Bienensummen,
meine Katze schnurrt im Gras,
das vom Tau noch etwas nass.

Welt um mich scheint ein Gemälde.
Wer all die Farbnuancen wählte?
Grün allein in vielen Tönen
und die Blüten, all die schönen,
rot, blau, rosa mich beschenken,
kann mich lang darin versenken.

Morgensonne spüren, genießen,
Kaffee duftend, Brötchen frisch,
nehm wahr - mein Herz könnt überfließen,
wie reich gedeckt des Lebens Tisch.

Rosenzyklus

Der junge grüne Knospentrieb

lässt Kraft und Hoffnung spüren

Die zarte Blüte

alle Schönheit still umfängt

Geöffnet weit

der Fülle Düfte dich betören

Die Frucht steht ruhig und stolz

erfüllt von dem, was war und immer neu beginnt

Wandel

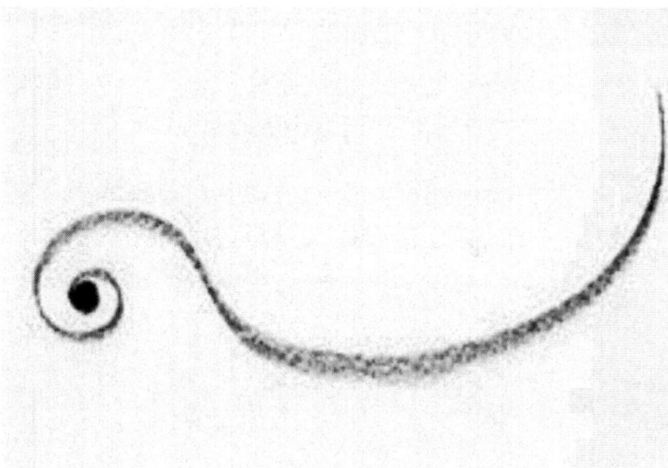

Nichts bleibt wie es ist.

Leben ist ständige Veränderung und steter Neubeginn.

Wie den Wandel vollziehen von negativem zu positivem Empfinden?

Oft ist es nur ein Wandel im Denken, unserer Wahrnehmung, unserer Sichtweise, welcher den Weg frei macht für eine neue positive Entwicklung.

Ist es nicht die gleiche Welt?

Mancher Tag ist wie ein Frühlingshimmel,

voll von Licht und Helligkeit,

ohne Grenzen, freie Weite,

und du fühlst in dir die Ewigkeit.

Andern Tags fühlst du dich eingekerkert,

Opfer einer fremden „ Wirklichkeit“,

und die Zeit, nicht mehr Begleiter,

blickt dich an nur als dein Feind.

Doch was unterscheidet diese Tage?

Ist es nicht die gleiche Welt?

Sind es nicht der Seele Augen,

die die Bilder mir gewählt?

Noch so düster mag der Tag mir scheinen,

noch so dunkel mir mein Seelenleid,

hab ich nur die Kraft bewusst den Blick zu heben

ist die andere Welt für mich bereit.

Ich schau in „deine“ Augen

Ich schau in deine Augen,
seh` drin, dir geht’s nicht gut.
Ich schau in diese Augen,
such Freude, Lebensmut.
Such Liebe und Vertrauen
und dass du an dich glaubst.
Wie kann ich dich aufbauen,
ob du es mir erlaubst?

Du bist mir viel zu wichtig,
als dass ich resigniere
zeig dir nun drum, ganz wichtig,
zu öffnen dir die Türe,
all meine Herzensliebe,
damit`s dir besser geht
und alle die Gefühle,
damit du sie erlebst.

Drum schau in meine Augen
und sieh ich mein es gut.
Drum schau in meine Augen,
sieh Freude, Lebensmut,
sieh Liebe und Vertrauen
und dass ich an dich glaub,
kannst, was gut ist anschauen,
wenn du es dir erlaubst.

Und schau sich so verwandelt
im Nu dein Spiegelbild.
Der, der es gut behandelt
verändert seine Welt.
Wir können uns beschenken
Ich dich, du mich ----
    und unser Fühlen lenken
mit dem, was für uns zählt.

Wandel

Die harte Schale schützt den Keim im Kern,
er ruht, bis er des Lebens Ruf vernommen,
doch, wenn das Leben sich entfalten will,
das innere Wesen muss zum Vorschein kommen.

Gesprengt die Schale, vom Schutz befreit,
ist zartes Wurzelwerk bereit,
in neue Lebensräume sich zu wagen.

Was war, war gut,
doch Lebensmut
lässt uns nach neuen Wegen fragen.

Das Leben ist Veränderung,
stets neu sind wir geboren,
drum wirf die alten Hüllen ab,
sind sie zu eng geworden.

Berge

Hohe Berge um mich stehen,

dunkel und massiv,

düstre Schatten mich ansehen,

drücken mich so tief.

Doch dann oben angekommen

jede Last scheint fortgenommen,

schlägt mein Herz so frei.

Lausche Stille, – atme Weite,

spür des Geistes ewige Nähe,

kann das Tal, den Weg nun seh`n,

sind`s die gleichen Berge denn?

- bin ich denn der Selbe ?

Neu entscheiden

Gedankenströme kommen,
Gedankenströme gehen
und vieles von dem, was wir denken,
wird nicht wirklich erkennend gesehen.

Gedanken, Gefühle erzeugen,
verändern den Blick für die Welt
und wir können oft nicht recht begreifen,
was uns Freude schenkt, was sie vergällt.

Im Archiv aus Erinnerungsbildern
ist so vieles gespeichert, verwahrt,
und obwohl wir uns kaum dran erinnern,
jedes Bild mit Gefühlen gepaart.

Und der Geist, er sucht stets zu vergleichen:
„was sich ähnelt – sich ähnlich verhält“
und so werten wir ununterbrochen,
unbewusst und oft falsch unsere Welt.

Denn die Bilder sind alt, früh entstanden,
oft mit Augen des Kindes erlebt.
Bringt mich kindlich Gefühl noch ins Wanken?
Ist’s mehr damals als heut’ was mich prägt?

Ja, es lohnt, ab und zu zu ergründen,
was ich fühl', was ich denk' und warum,
um erwachsen jetzt, frei zu empfinden,
wenn du hinhörst: Der Geist bleibt nie stumm.

Und so kannst du ganz neu dich erleben
und erkennen: Nicht alles ist wahr,
was dir wurde als Ratschlag gegeben,
was dich prägte und formte dein Leben,
was dir Richtschnur im Leben einst war.

Kannst erwachsen nun stets neu entscheiden:
Will ich fühlen so, sehn so die Welt?
Alte Muster, Gefühle vermeiden,
Denken, Fühlen, was du selbst gewählt.

Irgendwo ist Nirgendwo

Ohne Ziele
und Gefühle
im Gewühle
hin und her- gerissen
viele
Male zwar erwacht
kurz geahnt -

Klagen
Fragen
Unbehagen
ach da war doch einst ein Weg
Innehalten

Spüren
neue Türen
führen
dich aus Nebelschwaden
nicht verzagen
sondern wagen
hoch ins helle Licht zu blicken
sich den Kräften anvertrauen, die da schlummern
tief im Innern

Bist selbst Zentrum Deiner Welt!

Musst die Energie nur wecken
deine Willenskraft entdecken

weißt Du denn, was für Dich zählt?

Ja

Schwarz und schwer, ein kalter Klumpen,
zäh und starr und brüllend still,
muss im Meer des Lebens sinken,
muss ersticken, muss ertrinken,
wenn ich nichts dran ändern will.

Wie find ich zurück zum Leben?
Wie kann ich mich denn befreien?
Wie kann ich mich denn erheben,
neu zu Licht und Leben streben,
mich an meinem Dasein freuen?

Lasse los den Blick zum Schweren,
schau zum Ziel „wo will ich hin?"
nicht die Ängste, all die leeren,
nicht das Grübeln, wird mich lehren
doch Vertrau´n in einen Sinn.

Lasse Licht mich ruhig durchströmen,
hell und warm – von innen Sein,
bewusst atmend, spür ich Leben,
klare Weite, leicht wie Schweben
und ein Lächeln stellt sich ein.

Seh die Welt mit andren Augen,
intensiv nehm ich sie wahr,
tanz neu mit des Lebens Reigen,
wag es nun, mich selbst zu zeigen
und ich hör, ich spür mein

„JA"

Zauberspiel

Du spürst vielleicht, dir geht's nicht gut,
vielleicht fehlt`s dir an Lebensmut,
du bist vielleicht richtig frustriert,
siehst keinen Weg der weiter führt,
dir fehlt`s vielleicht an Hoffnung, Glauben,
Zweifel dir Selbstwert, Hoffnung rauben,
du glaubst du hättest immer Pech,
die Welt sei so, vielleicht gar schlecht,
bist drum in deinem Denken ganz fixiert,
das so verhindert, dass dir`s besser geht, dir Besseres passiert.

Doch kannst du mal was ausprobieren,
hast schließlich – wie`s dir geht - nicht all zu vieles zu verlieren.

Stell dir mal vor ein Wunder wär geschehen,
du könntest zaubern – kannst ab jetzt die Welt mit andern Augen sehen.

Mit Hoffnung, Liebe, Selbstwert und Vertrauen,
weißt wie`s sich anfühlt, - dich durch Erinnern aufzubauen.
Was wäre freudig für dich, was wär schön
und welche ersten Schritte würd`st du gehen?

Und stell dir vor du könntest deine Power wieder spüren
und wärst im Stande über manches nur zu lachen.
Welch` Denken, welches Fühlen würd dich deinem Ziele näher führen,
was würd`st du ändern, was in Zukunft anders machen?

Es ist ein Zauberspiel und ändert rasch dein Denken und Empfinden.
Kannst so ganz neu erleben, für dich positive neue Wege finden.

Doch wie so oft ist`s wichtig nicht zu wollen gleich perfekt zu sein.
Die Freud` an kleinen Schritten in die richtige Richtung
kann viel wichtiger sein!

Die wundersame Verwandlung

„Weißt Du, es gibt Menschen, die haben es geschafft, aus scheinbar ausweglosen Situationen wieder aufzuerstehen“,

sagte er und lenkte mit einer bestimmten Kopfbewegung meinen Blick zu einem leise vor sich hin pfeifenden Mann an einem der Gartentische.
Er schien in bester Laune zu sein, er kam wohl gerade von der Arbeit in seinem schicken Anzug und hatte hier auf dem Nachhauseweg eine Pause eingelegt, um eine Tasse Kaffee zu trinken und die Tageszeitung zu überfliegen.

„Kannst Du Dir vorstellen, dass das der schlimmste Miesepeter in unserer Firma war und dass dieser Mann über Jahre an schwersten Depressionen litt?“

„Unmöglich“, dachte ich, so ausgeglichen und zufrieden, wie diese Person das Leben zu genießen schien. „Wie soll so etwas gehen?“ fragte ich, „Mit neuen Pillen?“.

„Nein“, lachte mein Bekannter, „ er hat mir einmal die Geschichte erzählt. Sie klingt wie ein Märchen. Aber je mehr ich darüber nachdenke, umso einleuchtender erscheint mir die Sache. Man kann sagen, er hat ein ungewöhnliches Hobby gegen ein anderes ungewöhnliches Hobby eingetauscht – so einfach.“

„Jetzt erzähl nicht in Rätseln“, drängte ich etwas ungeduldig, „wie soll das gehen?“

„Also, wenn ich Dir sage, früher hatte er eine schlimme Angewohnheit. Er hat quasi alle negativen Erfahrungen gesammelt und sie geradewegs gesucht:

Was fehlt? Was klappt nicht? Was ist schiefgelaufen? Was ist Schlimmes in der Welt passiert? Was könnte noch alles schief gehen? Und, und, und ...

Auch mit sich selbst war er nie zufrieden und hat immer nach Gründen in der Welt geschaut, warum es ihm so schlecht geht. So hat er ein ganz düsteres Bild der Welt gemalt, sich ständig vorgeredet, was alles schlimm sei und er fühlte sich weiß Gott sehr schlecht. So hatte er bald auch keinen Grund mehr, an eine bessere Welt zu glauben, oder zu hoffen, dass es etwas Besseres gäbe oder es ihm gar einmal besser gehen könne. Ständig hatte er körperliche Beschwerden und er war nicht gerade glücklich.

Ja, und dann hatte er diesen Traum.

Er erzählte mir, ihm sei im Traum eine Person erschienen, die er heute liebevoll seinen Schutzengel nennt. Die habe ihn gefragt, ob er mit diesem seltsamen Hobby so weitermachen wolle. Er habe erst nicht begriffen, doch der „Engel" habe zu ihm dann gesagt, dass, wenn er schon Erlebnisse sammeln und speichern wolle, er doch einmal mit den positiven anfangen könne.
„Negative hast Du schon genug, die reichen für 2 Leben" – und wie zum Zeichen überreichte er ihm symbolisch ein kleines Vorhängeschloss, das er vor die Tür zur Bibliothek der ganzen negativen Erinnerungen und Gefühle hängen solle.
Dann zeigte er ihm ein paar kleine positive Schätze: spielende, lachende Kinder, erste Knospen im Frühling. Er ließ ihn an einer Rose riechen, den Duft von Weihnachtsgebäck, er ließ ihn morgendliches Vogelgezwitscher hören und er zeigte ihm einige Sequenzen aus seinem Leben unter positivem Blickwinkel, wo er schon etwas geleistet hatte, stolz sein konnte, Anderen geholfen hatte.

An diesem Morgen verschlief Herr Peter (früher Miesepeter) das erste Mal und als er erwachte, wollte er sich schon wieder aufregen, was alles Schlimmes passieren würde, doch er konnte nicht umhin, den Sonnenstrahl, der sich seinen Weg durch die Rollladenschlitze bahnte, wahrzunehmen sowie das Singen einer nahen Amsel.
Als er dann auf dem Nachttisch noch ein kleines Schloss liegen sah, wusste er, das war der Tag seiner Neugeburt.

„Ab diesem Tag“, sagte er mir, „ging ich auf Schatzsuche.

Ich machte mir zu Angewohnheit, jeden Tag schöne Augenblicke und Erlebnisse zu erhaschen, die schönen Seiten der Lebensmedaille auch wahrzunehmen. Erst mal etwas ungewohnt, dann immer freudiger, neugieriger und mit immer mehr Spaß. Und wie durch ein Wunder war ich innerhalb weniger Wochen ein anderer Mensch.“

„Kaum zu glauben, aber wie Du siehst, muss was dran sein.

Eine wirklich *wunder*same Verwandlung.“

Nachdenklich schaute ich diesen zufriedenen Menschen an der mir seither nicht mehr aus dem Kopf gehen will.

Vielleicht gut so.

Hilfen und Wege

Wir brauchen stets Hilfen und Wege

und wenn wir sie bewusst suchen, annehmen und gehen

führen sie uns weiter, zielwärts.

Welches Denken hilft mir, welche Einstellung, welches Handeln?

Welche Wege will ich gehen?

Schritte

Ich sag: „ich will“
Ich glaub: „ich kann“
Ich sag: „ich tu´s“
Ich fange an

Ich seh mein Ziel
und geh voran
geh Schritt für Schritt
so komm ich an

Und bin ich dort
im Ziele dann
nehm` ich es wahr
und freu mich dran

Nach einiger Zeit
klopft leise an
ein neues Ziel
ein neuer Plan.

Und find ich Freud
Gefallen dran
fängt dieses Spiel
von vorne an.

Wenn nicht, dann

Ich liebe mich! - Kann ich das sagen?
Wenn nicht? - Dann sollte ich es wagen,
zu üben eben Tag für Tag
den Satz, dass ich mich wirklich mag.

Und kann ich´s noch nicht akzeptieren,
dann werd ich sicher nichts verlieren,
wenn ich versuch herauszufinden,
was mich dran hindert, mich als wertvoll zu empfinden.

Denn wertvoll, einzigartig sind wir von Natur,
allein das ICH verwischt die Spur,
die uns zu unsrer wahren Quelle führt,
wo unsre Seele GÖTTLICHES berührt.

Es gaukelt vor, dass in der Welt
nur äußerer Schein und Leistung zählt
und hab ich erst verlernt mich selbst zu lieben,
such ich Ersatz in anderen Trieben.
Muss mir beweisen, wer ich bin,
mit Wissen, Macht, Geld, Selbstaufgabe
such ich zu geben meinem Leben einen Sinn,
doch der Geschmack bleibt schal bei allem, was ich habe.

Denn wahres Glück kann ich nur in mir selbst erfahren,
wenn ich vermag mich als ein einzigartiges Geschöpf zu sehen,
noch nicht perfekt, – doch liebenswert und
fähig zu verzeihen und zu wachsen.

Ich liebe mich! - Kann ich das sagen?
Wenn nicht, dann ....

Die Frage, die es gilt zu stellen

Die Frage, die es gilt zu stellen,
jetzt - überhaupt in allen Fällen,
ist die, wie ich mich fühlen will,
jetzt – auf dem Weg – erst recht im Ziel,
damit, wenn ich dort angekommen,
ich spür', mein Ziel war recht ersonnen.

Was ist's, was ich dort finden will?
Was ist es denn für ein Gefühl?
Was ist's, wo will ich wirklich hin
und gibt es meinem Leben Sinn?

Du zweifelst – denkst, Gefühle musst du meiden?
Nicht das Gefühl, nein, der Verstand nur könnt' entscheiden?

Du irrst, denn der Verstand kann nicht empfinden
und mit dem Kopf allein kannst du das Glück, Zufriedenheit nie finden.

Denn nicht ein Haus, Geld, Ansehen, Wissen, Freunde sind das Ziel,
sondern das, was ich glaub', was sie mir schenken als Gefühl.

Mich sicher fühlen, frei, geliebt, lebendig, ruhig – vieles mehr
sind die Motive, die uns leiten stets von innen her.

Doch allzu oft geht uns verloren, warum wir ein Ziel ersannen,
was unsere Sehnsucht war, als wir den Weg begannen
und das Objekt, einst Mittel nur zum Zwecke,
wird selbst zum Ziel, und das Gefühl bleibt auf der Strecke.

Und wenn du da bist, fragst du dich vielleicht – warum?
Kannst dich nicht freuen – das Gefühl bleibt stumm.
Hast dich verlaufen und dein wahres Ziel verfehlt
und weißt nicht mehr, warum du diesen Weg gewählt.

Doch halte inne hier und jetzt,
vielleicht hast du dich oft verschätzt,
doch kannst du stets von vorn beginnen,
dich auf dein wahres Ziel besinnen.

Die Frage, die es gilt zu stellen,
jetzt – überhaupt in allen Fällen,
ist neu: Wie ich mich fühlen will,
jetzt – auf dem Weg- erst recht im Ziel
und stets aufs neue zu erspüren
wird mich mein Handeln zielwärts führen?

Denn wie ich fühle – so erleb' ich meine Welt,
drum fühl' im Herzen stets, was wirklich für dich zählt!

Im rechten Licht

So vieles fällt leichter,
so vieles wird schön,
wenn wir's im rechten Lichte sehn.
Wertfrei wie Bilder,
wie ein Gemälde,
schau, welche Farben der Künstler hier wählte.

Ja, schau an von außen,
was ist – ganz in Ruh',
nimm wahr Um- und In-Welt und lächle dazu.

Unvoreingenommen
nimm wahr Deine Welt,
und schau' dann mit dem Herzen, das stets richtig wählt.

Selbst Kummer und Sorgen,
selbst Probleme und Streit,
halten, so angesehen, oft die Lösung bereit.

Und vieles im Alltag,
Du nahmst es kaum wahr,
erscheint Dir nun plötzlich ganz wunderbar.

Ja, so vieles ist leicht,
und so vieles ist schön,
wenn wir's im rechten Licht ansehen.

Stimmungswandel

Den Blick gesenkt, verengt, inwärts gekehrt,
Gedankenlast mein Herz beschwert.
Spannung im Innern, – zugleich Apathie
und entsprechend im Äußern die Physiologie.

Wie kannst du es ändern, wie baust du dich auf?
Wie kommst du aus dieser Stimmung heraus?

Nun, ich spür mit dem Körper, der ein Abbild erschafft,
meiner Stimmung, erzeugt durch Gedankenkraft.
und so spür ich, empfinde: „ich fühle mich schlecht“,
und so geht`s mir noch schlechter, sinkt die Stimmung erst recht.
Bin im Teufelskreis, von dem jeder weiß,
dass man aussteigen muss, nur so gibt’s einen Schluss.
Und was hilft das ist die
KÖRPERPHYSIOLOGIE

Richt dich auf, atme tief und hebe den Blick
und erinnere dich an etwas Schönes zurück.
Wie zeigt dir dein Körper: „es geht mir gut",
wie spürst du Freude und Lebensmut?
Klarer Blick, weite Stirn und ein Lächeln ganz leicht,
lockere Schultern und Kraft in den Muskeln zugleich.
Mim sie nach diese Haltung und dieses Empfinden,
lass Erinnerung alle Wahrnehmungen finden,
wie dein Körper dir mitteilt: „Ich fühle mich wohl",
nimm es wahr, dies Empfinden, nimm es auf ganz und voll.

Nimm es wahr und erkenne: „so geht es mir gut"
und halt aufrecht die Haltung, die schenkt Kraft und Mut,
und dann lächle darüber, wie leicht es doch ist,
dich rasch besser zu fühlen, denn dein Körper der spricht
je nach Haltung und Mimik in stets eigenem Empfinden.
Die GLÜCKS – PHYSIOLOGIE
musst du für dich finden!

Übe

Wir lernen stets in unserem Leben
durch immer neues Üben eben.
Indem du übst, was du erstrebst,
du plötzlich selbiges erlebst
und du wirst finden, was du suchst,
wenn du dich traust und es versuchst.

Erst ungeschickt und ungewohnt,
doch bald durch`s Üben schon belohnt
und immer leichter geht es dann,
was einst dein Kopf als schwer ersann.

Du möchtest Freude mehr empfinden,
drum such in allem Freud zu finden,
in allen noch so kleinen Dingen,
suche die Freud mit allen Sinnen.

Du möchtest lernen mehr zu lieben,
fang bei dir an, so wie beschrieben,
schau liebevoll dann an die Welt
und Liebe bald dein Sein erhellt.

Du möchtest lernen zu vertrauen,
üb es Vertrauen aufzubauen,
indem du dich zu trauen wagst
und „ich vertraue“ dir stets sagst.

Du willst dich spüren lernen, dein Empfinden finden,
dann üb im Kleinen deines Herzens Regung zu empfinden.
„Wie geht`s mir jetzt – was sagt mein Herz – fühl ich mich gut?“
Und bald hörst du die inn´re Stimme schon von selbst – üb, hab den Mut.

Üb alles, was du dir ersehnst in deinen Träumen,
ja übend leb es, statt es klagend zu versäumen.
Und übend wird dein Tun zur Selbstverständlichkeit
und steht dir bald als neues Können jederzeit bereit.

Ja vieles, was du dir ersehnst, kannst du erlangen,
wenn du es übst, anstatt zu klagen und zu bangen.
Es lohnt sich drum, zu fragen stets neu
was ich können will
und dann zu üben,
bis ich bin im Ziel.

Glücksspeicher

Es gibt Stunden, es gibt Tage,
ohne Frage,
die dich wollen schier erdrücken.
All die Sorgen, all die Mühen,
wollen dich nach unten ziehen,
nichts kann dich beglücken.

Und so - macht sich im Innern breit
Unzufriedenheit und Selbstmitleid.

Halt hier heißt es STOPP zu sagen,
nicht zu klagen!

Gab´s nicht schon ganz viele Stunden,
welche du als Glück empfunden,
musst Erinnerung in dir tragen.

Kannst du die Gefühle spüren,
die zu Kraft und Leben führen,
abgespeichert, Glücksgefühle,
derer gab´s im Leben viele,
öffne sie, die inneren Türen!

Kannst so auch an schweren Tagen
alle Lasten leichter tragen,
musst nur als dran denken!
Kannst vergangenes Glücksempfinden
abgespeichert wiederfinden,
dir Kraft und Hoffnung schenken.

Hilfreich ist es drum im Leben,
was gegeben, zu erleben,
stets bewusst, was schön und gut,

deinen Speicher aufzufüllen
mit des Lebens Glücksgefühlen,

mit Energie und Lebensfreude,
die batteriegleich dir erneute
Kraft vermag zu spenden
und auch
neuen Mut.

Problem

Dir geht's nicht gut, steckst im Problem,

kannst keine Lösung für dich sehn,

weißt nicht wohin, weißt nicht was tun,

Gedanken schwirr`n in dir herum,

drehst dich im Kreise stets von neuem,

alles scheint schwer, kannst dich nicht freuen,

gehst immer näher ans Problem

und größer wird`s, versperrt dein Sehen.

Komm tritt` nen großen Schritt zurück,

Distanz verschafft dir Überblick.

Komm tritt heraus aus dem Geschehen,

wie würd` ein anderer es sehen?

Und steig auch aus aus dem Empfinden,

versuch Erinnerung zu finden:

Wie fühlt` sich´s an, wenn du bist stark,

wenn du weißt „Dies ist heut mein Tag" ?

Und wenn du´s hast, dies Kraftgefühl,
steig ein und suche dann dein Ziel.
  Mit Abstand und aus deiner Quelle
  erscheint die Lösung oft recht schnelle.

Mit Abstand, Energie und Ruh
erkennst du oft ganz schnell – im nu,
  dass man`s verschieden sehen kann
  und manchmal lachst du sogar dann.

Der Zielrahmen

Du willst wohin und fragst Dich wie,
siehst du Dein Ziel – sonst klappt es nie,
kannst du es hören, fühlen, sehen, schmecken,
dann wird dein Herz dahin den Weg entdecken.
Doch frag dich immer, ob es liegt in Deinen Händen,
was du erreichen willst in deinem Traum,
nur was von dir abhängt, kannst du im Leben wenden,
sonst lasse ab und schenke deinen Träumen neuen Raum.
Spür´ dich hinein mit allen Sinnen
und prüfe, ob es wirklich für dich stimmt,
bevor du anfängst zu beginnen,
das umzusetzen, was dein Geist oft schnell ersinnt.

Wo stehst du jetzt, was ist dir lieb, willst du drum nicht
hergeben,
Wo und mit wem und wann willst du dein Ziel erleben?
Was ist der Preis, wie lang der Weg ins Ziel,
teil auf den Weg, sonst wird dir die Distanz zu viel.

Was wären erste Schritte um dahin zu kommen,
wie geht´s den andern und kannst du zu deinen Schritten
steh´n?
Geh durch den Weg und blick zurück ins Jetzt, wo du
begonnen,
kannst du am Ende sagen, diese Strecke wollt´ ich geh´n?

So hast du nun den rechten Rahmen für dein Ziel ersonnen,
fühlst du im Innern schon die Freud am Tun?
Was soll dich halten noch dort anzukommen?
Du willst wohin, mein Freund, **beginne nun** !

Visionen

Wie ist sie, die Vision von deinem Leben,
die dir als Richtschnur dient: „so will ich sein – da will in hin“?

Kennst du dein Ideal, wohin sich`s lohnt zu streben,
die höchste Vorstellung von dir, von deinem Sinn?

Jede Idee erschafft auf Dauer ihre Wirklichkeit,
setzt frei die Kräfte zum Gelingen,
drum prüfe wohl, ob dir dein Denken hält ein lohnenswertes Ziel bereit,
denn es wird dich ein Stück weit in die Richtung bringen.

Wenn du dein Denken lenkst, dann lenkst du auch dein Leben,
doch brauchst als Wegweiser du stets dein Zielgefühl,
damit du wahrnimmst immer neu auf deinen Wegen:
„hier geht es lang, hier komm ich näher meinem Ziel“.

Spür stets aufs neue die Vision von dir:
„So möcht` ich mich empfinden!“
Frag dich stets neu bei allem Tun:
„Will ich so sein, leb ich mein höchstes Ideal?

Und blickst du rückwärts dann, wirst du mit Freude finden:
Es ging voran ein Stück – von Mal zu Mal.

Es geht voran, doch geht es nicht darum perfekt zu sein,
es geht darum zu spüren:
“diese Richtung stimmt, so will ich sein!“

Es geht voran, denn du kennst deine Richtung schon,
es geht voran, hast du im Blickfeld deine Zielvision.

Glauben
suchen – finden

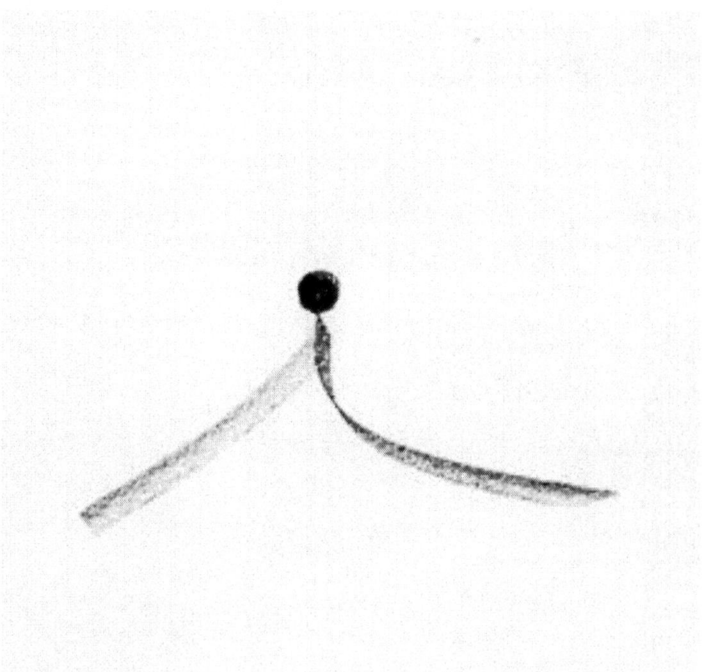

Glauben

ist Geschenk, Wagnis, Chance,

Hilfe und Stütze

und muss stets aufs neue geübt werden.

Glauben hilft wie keine andere Kraft im Leben immer neu nach vorne schauen zu können

und einen Sinn im Leben zu empfinden

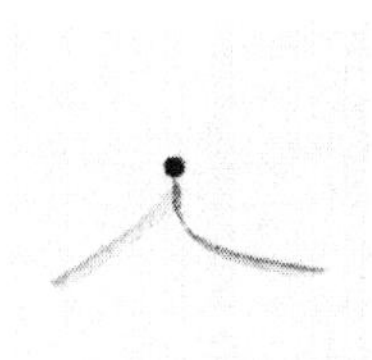

Glauben wagen

Im Grunde gibt's nur eine Frage für mein Leben,
nicht ob es Gott gibt, sondern, ob ich an ihn glaub.
Und glauben kommt vom Herzen eben,
schreit der Verstand sein Veto noch so laut.

Nun gibt's den einen Weg, mich nur als Funken zu
empfinden,
beziehungslos im weiten Meer aus Raum und Zeit,
muss, kaum erleuchtet, wieder schwinden,
und einen Sinn empfind' ich kaum.

Und all die Fragen, all mein Streben,
wo führt es hin, ist's denn vergebens?

So scheint's doch logisch auch zu glauben,
denn besser geht's mir allemal,
lass mir die Zuversicht nicht rauben,
auf einen Weg zum gold`nen Gral.

Und sieh - im „Glauben Wagen" eben,
will sich ein neues Bild ergeben,
kann ohne Mühen, ohne Streben,
nun meinen Glauben auch erleben.

Ich denk, es lohnt sich, diese Wahl.

Tausendmal

Und hast du tausendmal verfehlt im Leben,
und hast du tausendmal dein Herz entweiht,
und tratst du tausendmal gar blind dem Licht entgegen,
steht stets aufs Neue Licht und Liebe dir bereit.

Und bist du tausend falsche Wege schon gegangen,
und bist du tausendmal gefolgt dem falschen Schein,
so sei gewiss, du darfst aufs Neue stets empfangen,
in Seiner Liebe darfst du stets neu sein.

In Seiner Liebe darfst du dich erkennen,
du darfst erkennen deine eigene Göttlichkeit,
nicht Raum, nicht Zeit,
        nichts kann die Dimension benennen,
die dich durchströmen mag und so befreit.

Wo bist du ?

Wo bist du nur – ich seh dich nicht?
Das Leben das ist mein Gesicht,
BIN immer da gewesen.

Wo bist du nur – ich hör dich nicht?
Die Stimme, die von innen spricht,
ICH sprech aus jedem Wesen

Wo bist du nur – ich fühl dich nicht?
Ja fühlen musst du zuerst dich,
dann kannst du mich auch spüren.

Wo bist du nur? – ich bitte dich!
Ja wer mich sucht, der findet mich,
von LIEBE lass dich führen!

Du hast das Leben ...

Oh HERR bist Du umsonst gestorben,

woll´n wir Dein Werk nicht sehen?

Bist Du nicht durch den Tod gegangen

um dann aufzuerstehen?

Du hängst in unseren dunklen Kammern

doch immer noch am Kreuz,

verherrlicht wird das Leid, das Opfer

und nicht die Lebens Freud.

CHRISTUS bist Du umsonst gestorben,

seh´n wir noch immer nur die Sorgen?

Du hast das Leben uns versprochen,

in tiefster Seelennot.

Die Ketten hast Du längst zerbrochen,

zeigst uns den Weg zu GOTT.

Das Leid will ich nicht länger achten,

versprochen wurd´ das Leben.

Wir sollen nicht im Dunkeln schmachten,

dem Licht geh´n wir entgegen.

Zwiegespräch

Lieber Gott du schenktest
mir
diese Welt und dieses Leben
was als Dank kann ich dir
geben
womit dieses Leben ehren?

*

„Schenk mir deine
Lebensfreude
schenk mir dein bewusstes
Sein
sieh die Welt mit meinen
Augen
was du fühlst soll für mich
sein!"

Lieber Gott du schenktest
mir
diese Welt und dieses Leben
was kann ich als Dank dir
geben
womit dieses Leben ehren?
*
„Lieb die Welt und lieb die
Menschen
liebe dich und lieb dein
Leben
sieh mein Angesicht in Allem
leb dein Leben als Gebet!"

Lieber Gott du schenktest
mir
diese Welt und dieses Leben
was als Dank kann ich dir
geben,
womit dieses Leben ehren?

*

„Lass dich stets vom Herzen
führen
nimm mein Sein stets in dir
wahr
Frag nicht nach warum und
Zielen
sei nur Liebe und sei da!"

Lieber Gott du schenktest
mir
diese Welt und dieses Leben
will mit allen Sinnen drum
dich in dieser Welt
empfinden
Meine Liebe, all mein Tun
meine Freude, all mein Sein
soll von meinem Dank dir
künden.

Werde Sein

Aus dem Nichts scheinst du geboren,

bist am Anfang nur Idee,

doch der Geist hat dich erkoren,

du zu werden – komm und sieh.

Bist aus dir hervor gekommen,

hast des Lebens Ruf vernommen:

„Werde SEIN

und

sei bewusst!“

Und bewusst darfst du gestalten

dein gewähltes Ich verwalten,

werden, was du wirklich bist.

Stets Vision und vorwärts strebend,
dich als Schöpfer so erlebend,
eines tieferen Sinns gewiss.

Alles ist in seinem Wesen
Stets verwandt, Idee gewesen,
eh es wurde, was es ist,

um am Schluss zurück zu kehren
heim zu kommen und zu ehren,
was des Lebens Quelle ist.

Fluss des Lebens

Was ist,
das fließt
dahin im Strom der Zeit.

Darf neu stets werden,
wenn durch ein Sterben
aus seiner alten Form befreit.

Darf neu empfangen
ganz ohne Bangen,
nur durch des Schnitzers Hand entsteht das Werk.

Im Fluss des Lebens,
ist nichts vergebens,
scheint noch so hoch vor uns der Berg.

Wir dürfen wachsen,
wir dürfen werden,
wir dürfen wissen, dass zu jeder Zeit,

das eine Licht,

die eine Liebe,

der ewige Geist ist stets für uns bereit.

Nach seinem Ebenbild

Gott sei die *Ewigkeit* - Wo soll ich ihn suchen?
In der unendlichen Weite der Zukunft
oder in der Geschichte der Vergangenheit?
Was ist Ewigkeit als das ewig währende JETZT?

Gott sei die *Allmacht* - Wo soll ich ihn finden?
In fremden Kulturen,
im Reich des Geistes, der Bücher, Lehren und den Tiefen der Philosophie?
Oder ist die Allmacht nicht auch HIER in mir, Macht mein Leben zu gestalten?

Gott sei die *Liebe* - Wie kann ich sie empfangen?
Von anderen Menschen?
Verdient durch gottgefälliges Leben und Selbstaufopferung?
Wohnt Liebe nicht schon in der stillen Kammer meines Herzens,
allzeit gegenwärtig, immer IN MIR,
Liebe zur Welt und zu mir?

Gott sei das *Leben* - Wie kann ich zum Leben erwachen?
In dem ich tue was andere sagen?
Möglichst viel tue, leiste, erstrebe, möglichst aktiv bin?
Heißt leben nicht auch BEWUSST still zu werden,
FREUDE AM SEIN EMPFINDEN, dankbar die Welt empfinden?

Mit bewusster Dankbarkeit und Freude meine lebendige
Liebe dieser Welt im Jetzt und Hier schenken.

Ist es das?

Die kleine Seele

„Warum bin ich hier in dieser Welt und noch dazu so alleine? Was hat uns getrennt und warum muss ich so weit weg von Dir sein? Kann ich irgendwann zurück zu Dir und dann bei dir in deinem Licht und der Liebe bleiben? “ fragte die kleine Seele und blickte sich ganz verloren in ihrer Welt um.

„ Ganz schön viele Fragen auf einmal“ sprach Gott „ aber ich werde sie dir beantworten und versuchen dir alles verständlich zu machen.

Zunächst einmal vorab du wirst natürlich zu mir zurückkehren, wenn du es willst, und auch ob du bei mir bleiben wirst, hängt dann von deinem Willen ab“

„ Natürlich will ich bei Dir bleiben, was sollte es für einen dummen Grund geben nicht bei Dir bleiben zu wollen?“ murrte die kleine Seele.

„ Nun ich bin immer bei dir, auch, wenn du es nicht weißt, und doch bist du getrennt von mir, damit du dich und mich erkennen kannst“ antwortete Gott.

„Du sprichst in Rätseln Gott, wie soll ich Dich verstehen“ stöhnte die Seele frustriert.

Da sprach Gott: „Schau ich erzähle dir eine Geschichte:

Da war eine kleine Schneeflocke, die schwebte glitzernd, einmalig schön im Sonnenlicht, tanzend und hin und her geschaukelt durch den Wind. Doch statt sich an ihrer Schönheit und der Schönheit der Welt um sie, ihrem Glitzern und den Sonnenstrahlen zu erfreuen, und den Tanz und das Schweben zu genießen klagte sie: „Wann kann ich wieder zurück ins große Meer, wann komm ich wieder heim, und warum muss ich hier so weit weg vom Meer sein?"

Und die große Wolke antwortete ihr. „ Damit du dich mit all deinen Eigenschaften und all deine Brüder und Schwestern in ihrer eigenen Schönheit erkennen und erleben kannst.

Schau aus der großen Masse des Meeres haben dich Wind, Wellen und Sonne in die Lüfte gehoben. Du durftest aufsteigen im Dunst bis in die höchsten Höhen, konntest von oben die Schönheit der Erde sehen und dass durch die Hilfe des Wassers Pflanzen wachsen, Erde fruchtbar wird und grünt. Du hast geholfen lustige Wolkenbilder zu formen und mit deinen Geschwistern konntest du das Sonnenlicht brechen zu bunten Farben, sodass Regenbögen entstanden zur Freude der Menschen. Du darfst dich jetzt als Kristall in deiner ganz eigenen einmaligen Schönheit zeigen, glitzern, schweben , tanzen, um dann zusammen mit vielen deiner Geschwister der Erde einen weißen Mantel der Ruhe zu schenken. Dann wirst du irgendwann, berührt von der Wärme der Sonne, dich wieder verwandeln und im lustigen Spiel mit deinen Brüdern und Schwestern talabwärts tropfen, gluckern, plätschern, rauschen, kannst dabei Kieselsteine formen , Lieder singen , in kleinen Seen Ruhe finden.

Und irgendwann nach vielem Erleben, Verstehen, Staunen und Sein, irgendwann wirst du dann wieder das große weite Meer erreichen und, wenn du willst, wirst du dort bleiben oder das Spiel erneut beginnen, gespannt welche Abenteuer und Erfahrungen dann auf dich warten."

Da schloss die kleine Schneeflocke die Augen, stellte sich all die Erlebnisse vor und war zufrieden. Sie verstand zwar nicht so ganz, aber sie spürte, es war gut und richtig so und da war auch ein zartes Gefühl des Erinnerns."

„ Eine schöne Geschichte" rief die Seele berührt, „aber was hat das mit mir zu tun?"

„ Nun" sprach Gott „ Am Anfang war das Universum nur Energie, Licht, Wärme, alles an einem einzigen Ort, kein Teil getrennt vom andern. Doch ohne Trennung, ohne Unterschiede durch Raum, Zeit und Beschaffenheit war keine Wahrnehmung möglich, weder von sich, noch dem andern, es gab ja kein anders – alles war eins. Durch den Urknall entstanden Raum und Zeit, Millionen von leuchtenden Sternen, jeder für sich wunderschön, räumlich getrennt und jeder Stern, kann jetzt die anderen Sterne sehen und sich an ihnen erfreuen und kann sowohl seine Besonderheiten, wie sein Ähnlich-sein erkennen.

Schau selbst die Farben des Regenbogens entstehen nur dadurch, dass das weiße Sonnenlicht durch die Regentropfen aufgespalten wird in seine Teile, jede Farbe für sich schön, zuvor verborgen im Ganzen.

Wir sind so unendlich reich an Fähigkeiten, Eigenschaften, Möglichkeiten, doch wahrnehmen kannst du das nur in der Welt der Zeit und nicht im Moment der Ewigkeit.

Wenn du dir bewusst bleibst, dass du aus mir kommst und zu mir zurückkehrst und immer über das Band der Liebe mit mir verbunden bist, ist dieses Leben das größte Geschenk, das du dir machen kannst.

Es ist ganz wichtig, dass du dich immer daran erinnerst und dann staune, werde, wachse, erkenne und sei glücklich."

„Das klingt sehr schön, - aber ------- "

Doch da war Gott scheinbar verschwunden.

Und die Seele versuchte sich zu erinnern, zu verstehen und ihr Leben mit neuen Augen zu sehen.

Heilsames

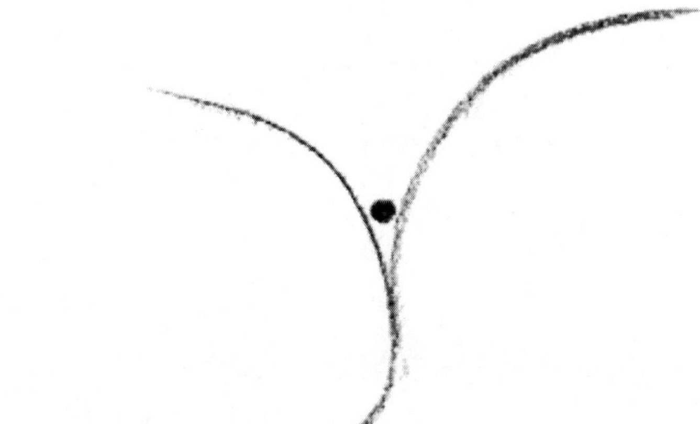

Die größte Heilkraft wohnt in uns.

Innehalten – wahrnehmen – erkennen – umschalten

und bewusst

die positiven inneren Kräfte spüren,

heilsame Empfindungen

Gedanken, Vorstellungen

nutzen

Die Batterie

Die Batterie, – die gab es nie,
die stets nur war – voll Energie,
aus der man endlos schöpfen kann,
ohne zu laden dann und wann.

Drum halt mal an und tanke auf.
Werd Dir bewusst, – halt an, – verschnauf′.
Lass eine kurze Pause zu,
lass ein Licht, - Freude, Kraft und Ruh'.

Nimm wahr des Lebens Energie
und lad so auf die Batterie.

NUN

Früher nur geahnt, – heut ist`s ganz klar,
denn auch die Wissenschaft hält es für wahr,
dass der Gedanken oft ersinnt,
was später unser Sein bestimmt.

Und der Gedanken, kaum beachtet, – leise
uns stets beeinflusst auf subtile Weise
und uns bestimmt im Fühlen und Empfinden,
in ihm den Schlüssel wir zu Wohlbefinden finden,
wenn wir beachten, wie der Geist uns programmiert.
Denn oft sind wir von negativen Sätzen infiziert,
die bohrend, gärend sich in unserem Kopf vermehren
und uns in unserem Wohlbefinden, – unserer Gesundheit stören,
die uns gar schwächen, uns die Hoffnung und die Kräfte rauben
und uns einimpfen einen ungesunden, einen Hiobs-Glauben.

Nun wissen wir`s, – was ist zu tun?
Was schützt mich, – was macht mich immun?

Was hilft mir positiv mein Denken zu gestalten,
damit nicht fremde Mächte mein Empfinden, mein Erleben stets verwalten?

Zunächst such ich mein Alltagsdenken zu ergründen,
und all die negativen Sätze, die mich stören, aufzufinden,
dann tausch` ich Stück um Stück, stets übend, meine Sätze um.

Dies nicht zu tun, das wäre schlichtweg dumm.

Dann gilt`s mein ideales Ziel mir zu ersinnen.
„Wie wünsch` ich mir`s „ – und dann sollt` ich damit beginnen
mich einzufühlen und dort angekommen, zu erkunden,
was würd` ich denken, wenn`s so wär`, wie ich in idealer Weise
vorempfunden.

Indem ich nun mein Denken aktiv in die richtige Richtung
programmiere,
ich selber nun Regie in meinem Leben führe.
Nicht nur in meinem Tun und meinem äußeren Streben,
nein im Empfinden auch und auch in meinem Innenleben.

Ja wie man sieht, die Medizin ist nun für uns ersonnen,
doch stets nur wirken kann, was eine Zeit lang richtig
eingenommen.

Drum fange an, in für dich wohl dosierter rechter Weise,
nun zu beginnen mit der heilenden Gedankenreise.

Stell dir mal vor

Stell dir mal vor, du sitzt allein
im frühlingszarten Sonnenschein.
Erfüllt vom Leben, – zugleich voll Ruh'
schaust du dem Treiben um dich zu,
vielleicht auf einem Tisch vor dir
heißer Kaffee oder ein Bier
und Kinderlachen in der Ferne,
wer hört, – erinnert sich nicht gerne.
Und Vogelzwitschern in den Bäumen
lässt dich vom nahen Sommer träumen.

Und stell dir vor, dir ganz allein,
gehört ein selt'ner Edelstein.
Wie glatt poliert fühlt er sich an,
spürst sein Gewicht, – die Wärme dann,
beobachtest sein Farbenspiel,
er speichert alles, was dir gefiel.
Ein Zauberstein, voll Glück der Welt,
all die Momente er enthält,
die dich beglückten, – wichtig sind,
all' deine Träume, – schon als Kind,
und das Geheimnis ist dir klar:
All dies ist immer für dich da.
Du schaust ihn an, sein Farbenspiel,
erinnerst dich, da ist so viel,
was es sich lohnt, mal anzuseh'n,
dich zu erinnern, - es war schön.

Du denkst an Neugierde,
erinnerst dich an dieses kribbelnde Gefühl,
das du erlebt, – oft war's ein Grenzenspiel.
Du hast erforscht die Welt mit deinen Sinnen,
hast viel entdeckt und weißt,
du kannst das Spiel stets neu beginnen.

Du denkst an Mut, – gehst weit zurück,
fühlst, wie es war, fühlst nach das Glück
als Kind zum allerersten Mal
Fahrrad zu fahr`n, – es war genial.
Und später hast du oft gewagt,
Neues zu üben, Tag um Tag,
weißt nun, was Glauben leisten mag.

Du denkst an Spaß, – siehst dich im Spiel,
spürst noch dein Lachen, das Gefühl,
hältst dir den Bauch und prustest los,
mein Gott, wie war die Freude groß.

Du denkst an Liebe, Zärtlichkeit,
die du empfunden manche Zeit,
ob still im Geist, ob stürmisch nah,
auch Liebe war schon für dich da.

Und so kannst du noch viel erkunden,
was dir geschenkt in all den Stunden,
von einst bis hier, in deiner Zeit,
bist, was du fühlst, drum sei bereit
auch das zu fühlen, was du willst,
damit du deine Sehnsucht stillst.

Noch ruht der Stein in deinen Händen,
kannst staunend ihn im Lichte wenden,
du weißt, der Schatz ist dir allein,
soll stets dir zur Verfügung sein.
Drum nimm ihn wahr, – lass dich durchströmen,
spür' seine Kraft, – lausch seinen Tönen,
lass dich von seinem Licht erhellen,
er führt dich hin zu deinen Quellen,
gelebtem Sein und neuer Möglichkeit,
freu' dich des Lebens, – sei bereit.
Und will dein Leben nicht gelingen,
denk' an den Schatz im Herzen drinnen.

Spiegelbild

Komm schau dich an,   dein Spiegelbild,
gleich ob du`s magst,     ob dir`s gefällt.
Komm schau dich an,   wer ist das Wesen?
Wer ist der Mensch,   der stets mit dir gewesen?

Kannst du ihn lieben,   ihm verzeihen,
schau ihm ins Herz   und hör sein Schreien,
nach Liebe und nach Zärtlichkeit,
sei für ihn da, ja sei bereit,

und sage ihm,   das fordert Mut,
dass du ihn magst,   trotz aller Wut,
die du dir angetan   in all der Zeit
der Alltagskämpfe der Vergangenheit.

Zeig ihm, was dir an ihm gefällt,
nimm weg, was maskenhaft verstellt
den wahren Kern,   das Licht im Innern,
lass leuchten, was nur durfte schimmern.

Sag ihm, dass ihr euch beide könnt vertrauen,
ihr könnt gemeinsam etwas bauen,
das man schlechthin „das Leben“ nennt,

und das wird schön,
                              wenn Ihr euch kennt.

Zauber?

Weißt du, dass du zaubern kannst?
Ja, ganz leicht kannst du die Welt verändern,
wendest aber oft die falschen Regeln an,
so dass alles dir erscheint in düsteren Gewändern.

Heut' will ich den stärksten Zaubertrick dir anvertrauen,
er lässt Sonnenschein im Herzen dir entstehen,
und mit einem Augenzwinkern kannst du um dich schauen,
wirst erstaunt die Welt in einem neuen Lichte sehen.

Üb' zu lächeln und schon wird dein Herz lebendig,
und Gelassenheit und Ruhe kehren ein.
Üb' zu lächeln und du spürst innwendig,
vieles, was dich störte, darf so sein.

Und dein Lächeln taucht die Welt in andere Farben,
selbst die Töne haben einen anderen Klang,
und wer um dich ist, den wirst du schnell verzaubern,
sei gewiss, dein Lächeln, das steckt an.

Kannst auch lächeln über deine Fehler, Schwächen,
lächelnd sehen und so lernen draus,
auch im Ärger – Streit kannst du dir Stärke zaubern,
schau's von außen lächelnd an, - steig aus.

Und was dir geschenkt, kannst lächelnd du viel mehr genießen.
Acht´ mal drauf, wie gut dir Lächeln tut,
lächelnd können deine Kräfte leichter fließen,
Lächeln lädt dich auf – schenkt neuen Mut.
Ja, dein Lächeln eine neue Wirklichkeit erschafft,
Ja, dein Lächeln, das hat Zauberkraft.

Unternehmen Leben

Annehmen alles sei wichtiger
Annehmen es ginge immer so
weiter

Benehmen, wie man es erwartet
Benehmen als sei alles ok

In Kauf nehmen immer weniger
zu spüren
In Kauf nehmen nur zu
funktionieren

Abnehmen der Freude
Abnehmen der Wahrnehmung
Abnehmen der Gesundheit

Einnehmen von Pillen
Zu sich nehmen von
Ersatzbefriedigungen

Zunehmen des Verdrängens
Zunehmen von Beschwerden

Wahrnehmen etwas stimmt
nicht

Wahrnehmen einer
Untersuchung

Vernehmen einer Diagnose
Vernehmen man müsste etwas
ändern

Vernehmen und verdrängen
Vernehmen und nichts
unternehmen

Wahrnehmen weiterer
Beschwerden
Wahrnehmen von Ängsten

Überhand nehmen der Probleme
Überhand nehmen der
Symptome

- Auszeit nehmen –

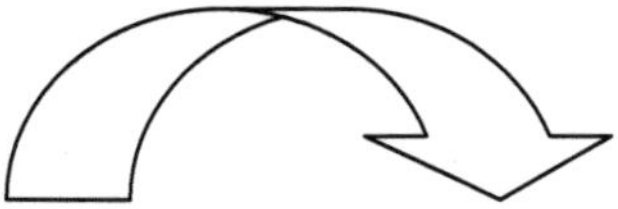

Zeit nehmen
Zeit nehmen nachzudenken

Aufnehmen von Aktivitäten
Aufnehmen von Informationen

Vernehmen und aufnehmen
Aufnehmen und verarbeiten
Aufnehmen und erkennen

Annehmen
Annehmen von Ratschlägen
Annehmen der Notwendigkeit

Übernehmen von
Verantwortung
Übernehmen neuer Blickwinkel

Zeit nehmen zu spüren
Zeit nehmen zu erkennen

Wahrnehmen meiner Gedanken
Wahrnehmen meiner Gefühle

Wahrnehmen meiner
Bedürfnisse
Wahrnehmen meine Motive und
Ziele

Einnehmen neuer Standpunkte

Vornehmen neuer
Verhaltensweisen
Vornehmen und in die Hand
nehmen

Unternehmen neuer Schritte
Aufnehmen neuer Wege

Wahrnehmen eines neuen
Lebensgefühls

Mich wichtig nehmen
Mich annehmen

Eine heilende Geschichte (Meditation)

Seltsam, dachte er und lächelte.

Was hatte diese wundersame Veränderung mit ihm bewirkt?

Diese Geschichte ....

Vielleicht war es nur ein Märchen, aber......

Er schloss die Augen und erinnerte sich zurück, wie er in einem Kaffee diesen Heiler getroffen hatte und wie er ihm im Gespräch etwas von seinem Kummer, seinen Problemen und Ängsten anvertraut hatte und dieser, nach einiger Zeit des Schweigens, schließlich lächelnd geantwortet hatte.

Und wie die letzten Male als er sich erinnerte *ist* alles wieder ganz lebendig und gegenwärtig:

„Komm ich zeige dir ein Geheimnis, etwas, das macht Dich gesund. Ich habe das von einem berühmten Heiler und Schamanen in Mexiko gelernt. Wir machen eine kleine Reise jetzt, hier an einen Ort der Heilung und Klarheit."

„Wie soll das gehen", frage ich. „Ich nehme keine Drogen , wir sind hier in einem deutschen Kaffee und nicht in Mexiko."

„Anders als du denkst, höre einfach nur auf meine Stimme.

Du kannst mir vertrauen, meine Worte formen Bilder und du gehst mit mir einfach auf eine Gedankenreise, an einen Ort welcher dich heilen kann, wie schon viele vor dir. „

„Gut ..“., ich schließe die Augen und lausche seinen Worten.

„Spüre deinen Atem, wie er kommt und geht, ganz von alleine , als ein Geschenk, - und während du meine Stimme hörst und deinen Atem spürst, kannst du dir vorstellen du bist auf einer wunderschönen Blumenwiese, mit dem Rücken angelehnt an einen mächtigen Baum, den festen Boden unter deinen Füßen, hörst leise meine Stimme, spürst den tief verwurzelten Stamm des Baumes im Rücken, mit seiner Kraft, welcher einfach nur da ist, ganz ruhig und dir Halt gibt, während du mit jedem Ausatmen einfach noch etwas tiefer entspannst und es geniest hier zu sein.

Und vielleicht wunderst du dich wie leicht du hier her gekommen bist und wunderst dich noch mehr, als du ein kleines Eichhörnchen siehst, welches deine Aufmerksamkeit auf sich zieht, während es tiefer von Ast zu Ast hüpft, weiter auf den Boden um dann an der Seite des Baumes zu verschwinden.

Und so schaust du neugierig, was es dort zu sehen gibt und du entdeckst eine Tür im Stamm, welche dich einlädt einzutreten – vor dir eine Treppe, welche tiefer führt ins Innere, an Ihrem Grund ein angenehm hell scheinendes Licht.

Und vielleicht riechst du einen angenehmen Duft, der dich an etwas erinnert oder es ist eine spezielle Form der Stille und du weißt es ist an der Zeit den Zeichen zu folgen und wenn du bereit bist gehst du Schritt für Schritt

tiefer und tiefer , immer ruhiger und entspannter,

in dem Gefühl an einem bekannten Ort anzukommen, bis du durch eine weitere Tür in eine wunderschöne Parklandschaft trittst.

Und während du dich vielleicht noch umschaust und fühlst, dies ist ein besonderer, heiliger Ort, kommt eine helle Gestalt auf dich zu und du erkennst, dass es sich um einen inneren Führer oder Helfer handelt.

„Bist Du bereit“ fragt der Helfer und du weißt, das ist die entscheidende Frage.

Ja, nachdem du dein Herz befragt hast folgst du ihm auf ein Zeichen zu einer gefassten Quelle mit zwei großen Becken, welche dich einladen einzutauchen.

Der Helfer bedeutet dir dich frei zu machen und als erstes in das **Becken der Reinigung** zu steigen.

Und du weißt du kannst hier alles zurücklassen, abwaschen, was dich belastet, alle Ängste, Schuldgefühle, Sorgen und Aufgaben, alles, was dich je belastet hat kannst du jetzt für diese Zeit oder für immer hinter dir lassen ……….

….und alles was noch wichtig für dich zu sein scheint, kannst du, ohne, dass dein Bewusstsein schon jetzt zu wissen braucht, worum es sich handelt, in ein goldenes Gefäß legen, wo es sicher aufgehoben ist, bis es an der Zeit ist dich wieder damit zu beschäftigen..

So kannst du jetzt ganz frei eintauchen, dich reinwaschen, dich spüren, so wie du bist, in deinem tiefsten natürlichen Wesen, ganz frei, ganz leicht, ganz rein.

Und so tauchst du ein in deine Quelle, mit deinem ganzen bewussten und unbewussten Sein, und genießt, wie es sich anfühlt so frei, so leicht und rein zu sein ....und vielleicht erkennst Du, wo im Körper du das ganz besonders spüren und erinnern kannst, ...oder du lässt dir ein Bild schenken, welches dir als Symbol für dieses Erlebnis in der Quelle der Freiheit, der Reinheit und Leichtigkeit erscheint.

Nachdem du dieses Gefühl ganz in dir aufgenommen hast, so dass sich jede Zelle deines Körpers immer wieder an dieses Gefühl erinnern kann, fragst du dich vielleicht was es mit dem zweiten Becken auf sich hat.

Und die Lichtgestalt fragt dich ob du nun bereit bist ganz einzutauchen in das **Becken der Liebe**.

Ja, du spürst hier kannst du die reine Liebe erfahren, in dich aufnehmen , dich erinnern. ---All die Liebe empfinden die du dir ersehnst, ... Liebe zu Dir, ... Liebe zur Welt, ...soviel du dir in deinem Leben gewünscht hast.

Jetzt in diesem Moment all das bekommen was dir ganz natürlich zusteht, als ein Geschenk wie dein Atem, ganz von selbst, ganz leicht.

Während du tiefer und tiefer eintauchst, in dem Gefühl der Liebe mit all deinen Sinnen badest, dieses Gefühl der unerschöpflichen Liebe erinnerst und aus der Fülle in dich aufsaugst, spürst du, wie du versorgt und erfüllt bist

von dieser heiligen Liebe, die dich zu heilen vermag, ...
............und wie dein ganzes Wesen von dieser Liebe und Energie erfüllt wird und jede Zelle deines Körpers mitschwingt und sich zu erinnern beginnt.

Und vielleicht fühlst du eine große Dankbarkeit im Herzen und weißt, dieses Gefühl werde ich für immer in Erinnerung behalten,
-- und so schenkst du diesem Gefühl der Liebe einen ganz besonderen Platz in deinem Körper, indem du das Gefühl symbolisch dort aufnimmst, wo du es am meisten ersehnst, sodass du es jeder Zeit abrufen kannst,

JETZT.

Und während Du noch all diese wunderbaren Gefühle in dir nachklingen lässt, reicht Dir die Lichtgestalt eine Schale mit Wasser:

DAS WASSER DES LEBENDIGEN LEBENS .

Ja freudig nimmst du das reine klare Wasser in dich auf und spürst tief in deinem Inneren, was für dich Leben bedeutet, spürst die Energie des Lebens, deine Freude, deine Power, und du weißt, dass sie immer da war und immer da sein wird diese Quelle der Reinheit, der Liebe und des Lebens, tief in dir, an diesem heiligen Ort, bereit dich mit all dem zu versorgen, was du benötigst für ein glückliches erfülltes Leben in dir, durch dich.

Und so spürst du und weißt du vielleicht: „ du trägst alles in dir" , und erfüllt von Liebe und voll von Lebensenergie steigst du aus dem Becken, kleidest dich in neue saubere Kleider und erinnerst dich wieder an das goldene Gefäß.

Während du abermals bewusst dieses wundervolle Gefühl wahrnimmst ganz rein, geliebt und voll Lebensenergie, - lebendig - zu sein, willst Du Dir vielleicht etwas von dem, was du in das goldene Gefäß gelegt hast, nochmals ansehen um diesem Teil die Bedeutung zu geben, welche er wirklich haben sollte in deinem Leben, - nicht mehr - und nicht weniger, so dass du künftig, leichter, freier mit deiner Lebensenergie deine Zukunft lebst……………………………………………………………… ………..

Und……..

…. irgendwann, wenn du bereit bist, kannst du in dem Wissen , dass du jederzeit wieder hierher kommen kannst und dass du dich mit jeder Zelle deines Körpers künftig an diese Erfahrungen und Gefühle erinnern kannst zurückkehren und die Gefühle der Reinheit und Freiheit, der Liebe und der Lebensenergie mitnehmen in dein Leben, jetzt und in Zukunft, – ganz leicht, als ein Geschenk mit jedem Atemzug, - so, wie du die Energie des Sauerstoffs ganz leicht mit jedem Atemzug in dich aufnimmst und verwertest."

------- und so kam ich erfrischt und hellwach zurück aus meiner Traumreise und spürte:

„etwas Entscheidendes ist heute mit mir geschehen."

Und erneut erinnerte er sich:

„Ohne dass ich bis heute sagen könnte, was genau sich verändert hat,

mein Leben ist viel freudiger, leichter, lebendiger geworden

und ich bin erfüllt von einer großen Dankbarkeit."

Lebensgrenzen

Lebensgrenzen

begegnen uns in unterschiedlicher Form.

Lebensende, Krankheit, Verlust, Trauer und vieles mehr.

Was sie mit uns machen hängt in entscheidendem Maße von unserem Denken und Glauben ab.

Für den einen eine zerstörende Katastrophe, sind sie für den anderen zwar schmerzhaft, aber eine Chance zu seelischem und geistigem Wachsen, Neuorientieren.

Vertrauen und Glauben sind erhebliche Hilfen in solch schweren Stunden und Tagen.

Schicksalsschläge, Lebenskrisen

Schicksalsschläge,
Lebenskrisen
können dich zu Boden
drücken
und dich lähmen, Hoffnung
rauben.
Leben liegt vor dir in
Stücken,
woran sollst du nun noch
glauben,
Angst, Verzweiflung sich
ergießen.

Schicksalsschläge,
Lebenskrisen
können töten, uns zerstören,
wenn wir uns als Opfer
sehen,
nicht vertrau`n, nach innen
hören,
im Schmerz verharren, nicht
aufstehen,
uns nicht zu neuer Sicht
entschließen.

Lebenskrisen,
Schicksalsschläge
stoppen unsre Lebenswege,
zwingen uns neu umzusehen,
neue Wege suchen, gehen,
neues Fühlen, neues Denken.

Schicksalsschläge können
lenken
unser Sein auf neue Bahnen,
die zuvor wir nicht erahnen,
die uns oftmals wachsen
lassen,
einen andern aus uns
machen,
so zuletzt geseh`n
beschenken.

Schicksalsschläge,
Lebenskrisen,
schwer oft sind sie zu
ertragen,
doch es hilft kein langes
Klagen,
nur wenn wir sie akzeptieren,
wird der Weg uns vorwärts
führen,
uns zuletzt ein Sinn
erschließen.

Schicksalsschläge,
Lebenskrisen!

Ach

Ach wie viel hab ich verloren,
ach wie viel ist nicht mehr da,
leer ist Heute, wie wird Morgen?
Ach wie schmerzt, was schön einst war.

Schrille Stille lähmt Gedanken,
die sich nur im Kreise drehen,
kann Licht, Hoffnung nicht mehr sehen,
wie durchbrech` ich diese Schranken?

Wie kann ich neu Dankbarkeit empfinden,
Hoffnung, Freude und Vertrauen?
Lass mich Licht und Liebe wieder finden
und die Kraft mit Zuversicht nach vorn zu schauen!

Lass mich meinen Atem dankbar spüren
und empfinden dies mein Leben als Geschenk
und was einst schön war als Kostbarkeit im Herz bewahren,
einer Urlaubsreise gleich an die ich freudig zurück denk`!

In dem Wissen, jeder Tag ist stets bereit mir Freude neu zu schenken,
wenn ich Herz und Auge öffne, diese Welt bewusst empfinde.
Will Gedanken und Gefühle hin zum Licht neu lenken,
mich von Selbstmitleid und Apathie abwenden,
spüren neu ich kann bei Vielem Grund zu Dank und Freude finden.

Dies mein Leben will ich positiv gestalten,
mich den guten Kräften anvertrauen,
lasse los, - muss nicht an dem was war festhalten,
frei, voll Zuversicht, will ich ab jetzt stets neu nach vorne schauen.

Frei, voll Zuversicht, will ich stets neu beginnen,
immer wieder die Gedanken hin zum Leben neu zu lenken,
frei, voll Zuversicht, leb ich stets neu mit allen Sinnen,
neu empfinden will ich:

Leben ist bereit mir neuen Sinn
und neue Freud zu schenken!

Alles

Alles, was du je erhältst,
ob Körper, Wissen, Gut der
Welt,
wird dir einst genommen,
gehst wie du gekommen.

Manches lässt du erst am
Ende,
doch das meiste, oft als
Wende,
schon im Laufe dieser Reise,
die du gehst auf deine Weise.

Oft nur einfach vorwärts
strebend,
nicht das Glück im Jetzt
erlebend,
wegen Zielen, Wünschen
rennend,
nicht die Kostbarkeit
erkennend,
die im Augenblick versteckt,
nur bewusster Geist entdeckt.

Das was ist, ist ein
Geschenk,
genieße es und stets bedenk,
kannst von dem was ist
nichts halten,
nur ein Stückchen Zeit
verwalten.

Doch was ist kannst du mit
vielen Augen sehen,
je nachdem wird´s dir ganz
unterschiedlich gehen,
denn was zählt sind die
Gefühle,
die du wählst, – es gibt gar
viele!

Wenn Du´s schaffst bewusst
die guten zu empfinden,
kannst du Glück und Freude
stets aufs Neue für dich
finden
und vielleicht kannst du einst
mit dem Wissen geh`n
„Ja –ich hab bewusst gelebt
und es war schön“

Ganz in Frieden lassen, alles,
was da war,
denn du hast gelebt und sagst
zu deinem Leben:

JA!

Unbekannt

Ja ein Schrecken ist der Tod
für die, die bleiben,
holt auch dich, wie Alle,
zu meist ungewählten Zeiten,
ist Verlust uns, Schmerz und Trauer,
eine dunkle, schwere Mauer,
die uns entreißt, was uns so lieb.
Ist uns fremd, doch Teil des ganzen Lebens,
sich zu wehren ist vergebens,
sich zu schützen vor dem Dieb.

Doch kann gewiss uns auch Erlösung sein,
die von uns nimmt Schmerzen und Pein,
ein Ort des Friedens, Ort der ewigen Ruh,
oder die Antwort auf „Warum, Wozu?"
Und vielleicht ist er eine nicht bewusste Pforte,
die uns hinführt zu einem neuen unbekannten Orte?

Denn altes Wissen, neue Forschung lässt mich glauben,
dass Tod beschenken wird und nicht berauben.

IRGENDWANN

Irgendwann ---------- irgendwann waren da einmal eine Zeit, ein Gefühl, die unterschieden sich von allem anderen, ohne wenn und aber, ohne Zweifel, – einfach das Gefühl auf einem Weg zu sein, dem richtigen Weg, zusammen, nicht alleine, mit einer Vergangenheit, einer Gegenwart und einer Zukunft und einem Vertrauen, ganz natürlich, das allem seinen Sinn gab.

Dann kam der Sturz, – plötzlich und unerwartet, – ins Nichts, – unentwegtes Fallen, in der Hoffnung, dass der Aufprall alle Angst, allen Schmerz zerschmettern, auslöschen möge.

Doch du hängst noch irgendwie am Leben und findest Halt am Rand der Schlucht, und dein Blick wandert mal in den Abgrund in den du weiter hinabzustürzen drohst, so schwarz, so tief, mal zurück zu dem was unerreichbar verloren hinter dir liegt, so nah und doch so fern. Und dann gibt es da noch kleine Nischen am Rande der Schlucht in denen du dich für den Rest deines Lebens einnisten kannst in dem Wissen:

Irgendwann – irgendwann waren da einmal eine Zeit, ein Gefühl, die unterschieden sich von allem anderen ...

Und manchmal träumst du von Flügeln um irgendwann wieder irgendwo anzukommen, vielleicht weit weg in einer ganz anderen Welt, mit anderen Gefühlen, lebendig, aber du weißt nicht wie, denkst immer wieder zurück:
da war einmal ein Gefühl und eine Zeit....

Und so erkundest du unsicher und starr, immer in der Angst weiter abzustürzen, dich zu verlaufen oder zu verfangen, und für immer gefangen zu bleiben in einem fremden Gefühl, dein Terrain. Alles scheint fremd, – alles neu, – nichts scheint vertraut.

Die Zeit vergeht. ------------- Die Zeit vergeht und du gewöhnst dich ein Stück weit daran hier zu sein an diesem nicht von dir gewählten Ort.
Du weißt du musst, du willst etwas tun und ab und zu traust du dich nach vorne zu blicken, nicht mehr zurück und nicht mehr hinab, doch du weißt nicht, was du suchen sollst und wo und hast Angst loszugehen und an einem falschen Ort anzukommen, ohne Rückweg, - ein für allemal.

Doch ab und zu, - noch selten-, merkst du wieder, - wenn du es schaffst dich zu bewegen - : „ich bin noch am Leben" , – spürst nicht nur den Schmerz, sondern auch deinen Atem und dass da noch Grund ist unter deinen Füßen.
Und du stellst überrascht fest, da ist gelegentlich ganz tief in dir, noch schwach, aber da, dieses Gefühl, das du kennst, das du suchst, verbunden mit deiner Person, mit deinem Ich, unabhängig von der äußeren Welt, von dem, was einmal war, und du spürst Hoffnung, dass es möglich sein könnte in dir zuhause zu sein, wieder Tiefe und Sinn zu empfinden, dass es sich vielleicht doch lohnen mag weiter zu leben.

Ja du willst leben, wieder leben spüren, doch du weißt noch nicht wie du es anstellen sollst.
Und so wartest du, lebst du weiter, wartest auf eine Zukunft, wartest auf ein Zeichen für den rechten Moment einen neuen Weg zu finden.

Irgendwann,-------------- irgendwann gibt es wieder eine Zeit und ein Gefühl, ohne wenn und aber, ohne Zweifel, das Gefühl auf einem neuen Weg zu sein. ....

Erwachen

Brüllende Stille das Herz mir zerreißt,
erdrückende Leere - unendliche Schwere,
ins Nichts geworfen, weiß nun was das heißt.

Und du kannst nichts begreifen, du kannst nichts verstehen,
siehst nur fassungslos Scherben, wo einst Zukunft zu sehen.

Illusionen und Träume, – tun als wär` nichts geschehen.
Noch so nah ist die Liebe, noch so nah klingt das Lachen,
eben schwebend, – nun stürzend, fällst aus luftigen Höhen,
stets neu jähes Erwachen,
stets neu sterben, – erstarren
neu verdrängen, ertragen, – im Stillen ausharren.

Stets neu auf eine Kraft, – einen Geist besinnen,
im Vertrauen in eine ewige Macht in Dir drinnen.
Da ist Willen zu kämpfen, – da ist Willen zu leben,
Willen zu Hoffen, weiter Liebe zu geben,
Willen mich neu zu spüren, – Willen mich neu zu empfinden,
suchend – hoffend neu einen Sinn für mein Leben zu finden.

So im Sturm der Gefühle hin und her getrieben
leb ich und leb nicht,
fühl ich und fühl nicht,
bin ich konfus, such verzweifelt mein Leben zu lieben.

ernst

und

heiter

ernst und heiter

ist das Leben

ernst und heiter darf es sein

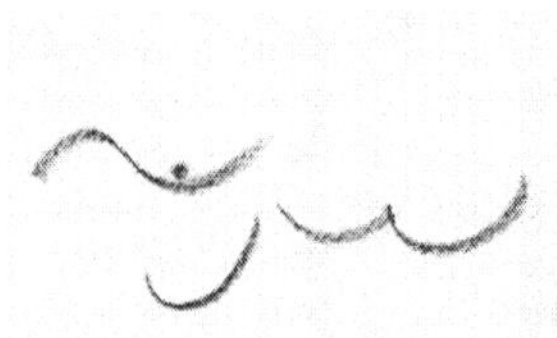

Küken

Ja dem Küken im Ei
ist es einerlei,
ob es Tag oder Nacht,
ob die Sonne heut lacht.
Ja dem Küken im Ei,
ist das einerlei.

Es hat`s warm und bequem,
kann nur seine Welt seh´n
lebt in seiner Welt,
die ihm gut gefällt.

Doch die Zeit vergeht,
und das Leben entsteht.

Ach das Küken im Ei
fühlt sich nicht mehr so frei.
Ihm wird`s unbequem,
wird die Hülle zu eng,
und das Küken hat Angst:
„wie wird`s weiter gehen?
Wenn ich weiter noch
wachse, ist`s um mich
geschehen."

Und das Küken, es kann sich
nicht mehr bewegen,
sucht verzweifelt nach Sinn
und nach Überleben,
glaubt zu sterben, verzweifelt
um Hoffnung es ringt,
bäumt sich auf und ganz
plötzlich die Hülle
springt!

Ja das Küken im Ei
sprengt die Schale entzwei!

Wie die Schale zerbricht,
sieht es Farben und Licht,
weiß nicht was gescheh´n,
kann noch nichts versteh´n,
spürt die Sonne, den Wind,

ob wir auch Küken sind?

Wege

Wilde Wege wachsen zu,
rasch im nu,
wenn sie nicht begangen.

Mühsam wir stets neu erkunden,
selten, schwierig nur gefunden,
frisch gewählte neue Pfade.

Leichter ist`s auf alten Pfaden,
welche breit zum Laufen laden,
stets in alter Spur zu gehen.

Willst du neue Wege gehen,
wirst du bald erkennen, sehen,
Wege erst im Gehen entstehen.

Wählst du oft die neuen Bahnen,
ja du wirst es jetzt schon ahnen,
wirst du sie stets leichter finden,
während alte Wege schwinden.

Denn wie hat` ich angefangen?

Wege, Wege wachsen zu,
rasch im nu,
wenn sie nicht begangen.

Allein?

Du hältst dich für ein armes Schwein,
du glaubst du sei´st mit dir allein,
doch bist du derer mindest drei´n,
du glaubst es nicht, horch in dich rein!

Wer ist`s der ständig zu dir spricht?
Ach ich und es und Über-ich
meinst du und denkst an Siegmund Freud.
Was er erkannte gilt noch heut,
dass wir in unserm innern Wesen
oft sind gespalten, – nicht genesen.

Doch was man neuerdings erkannte,
was Freud nicht wusste, noch nicht ahnte,
in dir da wohnt ein Wegbegleiter,
der dir stets hilft im Leben weiter.

Er weiß, was richtig für dich ist,
wenn du ihn fragst – und lauschst, – er spricht
zu dir mit Fühlen, Ahnung und Gedanken,
nur weis zuvor Ich - Es - und Über-Ich in ihre Schranken,
öffne dein Herz und hör mit Ruhe dann, bereit,
dem Teil, der für dich da ist alle Zeit.

Wir nennen ihn den weisen Teil in deinem Innern.
Er hilft dir gern dich an die wahren Ziele, Werte zu erinnern.
Bist du mit ihm erst wieder in Kontakt getreten,
so merkst du rasch, dir wurd` ein wahrer Freund gegeben.

So spür du bist im Leben mit dir nicht allein,
auch brauchst du länger nicht ein armes Schwein zu sein.

Freund und Feind

Dein größter Feind,

er stöhnt und weint,

er schimpft und schreit,

heißt: Selbstmitleid.

Dein größter Freund,

mit dir vereint,

ist stets in dir,

bereit zu öffnen jede Tür,

es ist die Liebe zu dir selbst

und deine Liebe für die Welt.

Drum halte inne, mach dir klar,

nur, was die Liebe spricht ist wahr,

drum halte inne, sei kein Tor

und zieh den Freund dem Feinde vor.

Sprüche?

„Es ist wie es ist"

--Drum heißt es erst mal akzeptieren.

„Doch es ist anders als es scheint"

--Drum wird das schnelle Urteil stets verlieren.

"Es geht vorüber", sicherlich

-- Doch was folgt dann, wenn ich nur zuseh` ohne teilzuhaben?

„Ich kann es ändern", ganz gewiss

-- Doch nicht mit Jammern und mit Klagen.

Das Haus des Lebens lässt sich bauen

mit Zielen, Hoffnung und Vertrauen,

und

eh ich mich im

„was wird kommen – ach was war"

verlier

erinnere ich:

„der Schlüssel liegt im Jetzt und Hier"

Mein Körper

In meiner Brust, da schlägt ein Herz
ganz unbemerkt und leise
es schlägt vom ersten Augenblick
die ganze Lebensreise
und hört es einmal auf sein Tun
zu Ende ist das Leben nun

Zwei Lungenflügel hab ich auch
mir Luft und Atem geben
und ohne Luft, Minuten bloß
da ist die Not gleich riesengroß
hört rasch auf jedes Leben

Auch Nieren, Leber, Magen, Darm
im Stillen für mich sorgen
denk drum seit Neuem öfters dran
wie ich auch für sie sorgen kann
ich brauch sie auch noch morgen

Und meine Muskeln, mein Skelett
sind hilfreich mir beim Leben
gut durchtrainiert, kraftvoll ist`s schön,
mich spürend durch die Welt zu gehen,
den Körper zu bewegen

Und alle Sinne helfen mir
mein Leben zu genießen
bewusst empfindend kann ich hier
mir öffnen mancher Freude Tür
mir meine Welt erschließen

Noch viele Wunder hält bereit
mein Körper, schenkt so Leben
doch einen einzigen hab ich nur
nur der wurd` mir gegeben

frag drum,   - nehm ich ihn denn auch wahr
und spür ich sein Empfinden
und bin bewusst ich für ihn da?
Als Team da sind wir wunderbar
und haben eine Chance für wahr
lang Glück und Freud zu finden

Rechte Sicht?

Ein Mensch mit ca. . . Jahr
ja ganz zufrieden mit sich war
und auch den Menschen, den er liebte
er einfach wunderbar erlebte

Nur seine Augen schauten weiter
sodass schon lange er nun leider
das Kleingedruckte nicht mehr sah
worauf nun folgendes geschah:

Der Mensch, erfüllt mit gutem Wille
geht fort und kauft sich eine Brille
und schaut sich drauf im Spiegel an
sieht, was die Zeit ihm angetan
und dank der neuen Weltensicht
fällt all zu scharf aus die Kritik

Und dann der Partner vor ihm steht,
den er seit langem scharf nun sieht
vorbei ist alle Illusion
sieht Pickel, Adern, Falten schon
obwohl der Mensch der gleiche ist
nun neuer Eindruck an ihm frisst

Drum so wie wir die Welt ansehn
ist sie mal schlecht, ist sie mal schön
und nicht ist es stets wunderbar
zu sehen alles scharf und klar

Gedankenschwingung

Gedankenschwingung, Emotionen
morphische Felder stets neu klonen
Wie Radiowellen uns umgeben
erst Resonanz lässt sie erleben
stellst sorgsam ein deinen Empfang
empfängst so dann dein Wunschprogramm

Doch was willst du im Geist empfangen
in Resonanz mit was gelangen?
Bei all den vielen Ungedanken
nimm dich in acht, weis sie in Schranken
denn Gleiches zieht hier Gleiches an
auf deine Geistkraft kommt es an

Stets neu in Resonanz zu treten
mit dem was positiv im Leben
und so zu schwingen, – Schwingung auszusenden
die auch den Andern helfen mag ein Stück den Blick
zu wenden
damit Gedankenschwingung, Emotionen
auf Dauer mehr und mehr zu positiven Feldern klonen

„Wahrhaftige Liebe“

Ach würdest du wahrhaftig lieben
so wärst du immer für mich da

Ach würdest du wahrhaftig lieben
so wär auf deinen Lippen stets ein JA

Du wolltest stets nur hier an meiner Seite sein
und all dein Lebenssinn wär mir zu Dienst zu sein

Du würdest dich niemals an meinem Ego stören
nein meine Männlichkeit würd dich stets neu betören

Doch du bist egoistisch, hast gar eigenes Bedürfnis und Begehren
Wie soll ich lieben dich, bei solchen Mängeln, solchen schweren?

Ach würd´st du mich wahrhaftig lieben
so ganz nach meinem innersten Bestreben
Dann liebt ich auch wahrhaftig dich
oder den Teil von dir

der für mich da ist
eben

Unterschied

Der Mensch - der isst
das Rindvieh frisst

Der Mensch er trinkt, genießt sich freut
das Rindvieh säuft und ab und zu auch
wiederkäut

Der Mensch verständlich redet, spricht
das Rindvieh brüllt oder nur stumm und
stummer ist

Der Mensch denkt nach, sucht nach dem Sinn
das Rindvieh lebt nur einfach vor sich hin

Der Mensch entscheidet, was er tut
das Rind läuft mit, wenn´s Leittier muuht

Der Mensch erkennt, liebt und bejaht
das Rindvieh sich auf Grund der Triebe paart

Der Mensch er hat die Wahl, trotz allem Schein

das Rindvieh nicht, bleibt Rindvieh,

muss ein Rindvieh sein!

Glaub' was

Ich glaub etwas, seh so die Welt in meinem eigenen Lichte,
tu dieses ab, heb das hervor, mal mir ein Bild und wichte
die Dinge so, wie's mir gefällt.
Der Glaube prägt halt mal mein Weltenbild.

Und wenn ich glaub an ein Gelingen,
fällt's mir nicht schwer, bald zu beginnen,
mit Schritten ersten, erstem Handeln,
im Handeln kann die Welt ich wandeln,
und bring hervor ein Resultat,
setz um Ideen in die Tat,
so wird nun mal Erfolg gesponnen,
aus dem, was ich mir ausersonnen.
Und da's so kam, wie ich gedacht,
denk ich im Herzen, welches lacht,
„siehst du, was du geglaubt, das stimmt",
und mein, ich hätt' zum Teil die Welt verstanden,
dabei ist es der Glauben, der die Welt zumeist bestimmt,
und schwankt mein Glauben, kommt der Rest auch schnell ins
Wanken.

So überlege wohl, was sich zu glauben lohnt, für dich in deinem
Leben,
damit nicht allzu viele selbst geworfene Steine stör´n, auf deinen
Erdenwegen,
denn, was du glaubst, wird oft zu deiner Wirklichkeit.
Die Welt dem Glauben anzugleichen bist du unbewusst gar oft
bereit.
Du glaubst mir nicht – dann wird's nun auch nicht dein Erleben
sein.
Doch was Du glauben willst, bestimmst du ganz für dich allein.

Heut (*Kinderlied für meine Tochter*)

Heut ist ein schöner Tag, – wie ich ihn gerne mag,
die Sonne scheint am Himmel, - die Vögel zwitschern froh,
heut will ich glücklich sein, – heut kann ich glücklich sein!

Heut ist ein schöner Tag, – wie ich ihn gerne mag,
kann tanzen, lachen, singen - und klatschen obendrein,
heut will ich glücklich sein, – heut kann ich glücklich sein!

Heut ist ein schöner Tag, – wie ich ihn gerne mag,
Kann laufen, springen, hüpfen - und jauchzen obendrein,
heut darf ich glücklich sein, – heut will ich glücklich sein!

Mama und auch Papa - sind immer für mich da,
und kann ich sie nicht sehen – weiß ich sie kommen wieder,
sind immer für mich da, sind immer für mich da!

Und tu ich mir mal weh - am Kopf oder am Zeh,
weiß ich es geht vorüber, - bald geht's mir wieder gut,
denn ich bin groß und stark, denn ich bin groß und stark!

Ja Lachen macht mir Freud, - rasch lachen alle Leut,
kann so die Welt verzaubern, - so wie der Sonnenschein,
das Leben das ist schön, das Leben das ist schön!

Und klappt mal was nicht recht, - oder ich mach was schlecht,
kann ich doch daraus lernen, - in Zukunft weiß ich mehr,
ich hab mich trotzdem lieb, das Leben das ist schön!

Heut ist ein schöner Tag, das Leben das ist schön!

Wie?

Will ich mein Leben als Kampf anseh´n,
dann muss ich halt kämpfen, nun gut, na schön.

Ist´s mir Bedrohung, Gefahr für mein Leben,
werd ich immer aufs Neue um Sicherheit streben.

Seh ich mein Leben als Trauertal,
mach ich jammernd und klagend mir das Leben zur Qual.

Will ich als Opfer mich hier empfinden,
werd ich stets für alles einen Schuldigen finden.

Ist es sinnlos und geht`s nur um Luxus und Macht,
bleibt nichts als die Leere – zu Ende gedacht.

Kann auch glauben, dass das Leben Versuchung mir ist,
seh den Teufel in vielem dann ganz gewiss.

Oder seh ich mein Leben als Prüfung an,
quält die Angst zu versagen mich häufig dann.

Wenn mir mein Leben als Schauspiel gefällt,
spiel ich meine Rolle, die ich mir gewählt.

Will ich mein Leben als Schule anschauen,
lern ich Lektionen in höherem Vertrauen.

Doch seh ich im Leben Geschenk und Freude,
genieß ich stets das Hier und Heute,
seh, was mir begegnet, als Segen stets an
und frag mich, was ich draus lernen kann,
dann kann ich leben, lebendig sein,
mich an meinem Hiersein erfreu´n,
dann kann ich wirken, dann hab ich Kraft,
und Freude stets Freude neu erschafft.

Kann mit Ehrfurcht und Freude die Welt beschenken,

wie ist die Welt in deinem Denken?

Meine kleinen Glücksrezepte

Jeden Tag dankbar sein auch für scheinbar Selbstverständliches

Die Welt aus den Augen der Liebe sehen

Wünsche, Träume und Ziele haben, aber keine Erwartungen

Die schönen Dinge bewusst wahrnehmen,
im Großen wie im Kleinen

Innehalten –
immer wieder innehalten

Ärger und Probleme aus Distanz von außen ansehen und mich fragen:
„Ist dies so wichtig, als dass ich mir deshalb schaden möchte?"
„Was darf ich daraus lernen?"
„Was bräuchten die Anderen, damit die Situation besser wäre?"

Ein Stück Großzügigkeit
mir selbst und den Anderen gegenüber

Nichts als selbstverständlich ansehen, sondern alles als ein Wunder und
jeden Augenblick als ein Geschenk empfinden

Die Geschenke des Lebens annehmen
ohne sie festhalten zu wollen

Mich selbst annehmen, gern haben, mir vertrauen,
für mich da sein
und
auf meine innere Stimme hören

Bewusst wahrnehmen, wenn es mir nicht gut geht
und dann
stoppen
indem ich mich frage:
„Will ich mich so fühlen?“
und
„Welche Gedanken, welche Sichtweise kann ich jetzt ändern damit
es mir besser geht?“

Mir immer wieder bewusst machen,
dass ich selbst entscheiden kann,
wie ich eine Situation interpretiere und wie ich mich jetzt fühlen
will.

Meinen Mitmenschen Freude und Liebe schenken

und aufs Neue immer wieder

dankbar sein!